モルグ街の美少年

西尾維新

JN020012

講談社
タイガ

目次

指《ゆび》輪《わ》創《そう》作《さく》
双《そう》頭《とう》院《いん》学《まなぶ》
足利《あしかが》飆《ひょう》太《た》

Illustration キナコ　Design Veia

モルグ街の美少年

美少年探偵団団則

1、美しくあること
2、少年であること
3、探偵であること

0　まえがき

樽《たる》一杯の泥にワインを一滴垂らしてもそれは樽一杯の泥のままだが、樽一杯のワインに泥を一滴垂らしたらそれは樽一杯の泥になる——何かにつけて頻繁に言われる警句ではあるけれど、もしもこの言葉に胸を打たれ、大いに共感したとするならば、おめでとうございます、あなたは富裕層に属する。

わたしのように泥水をすすって生きてきた人間からすれば、樽一杯のワインにほんのひとしずくの泥が混じったところで、せいぜい芳醇《ほうじゅん》さに故郷の風味がブレンドされた隠し味としか思えないし、一滴のワインが混じった樽一杯の泥など、自分の血液と交換していいくらいの、近年まれに見る仕上がりのボジョレー・ヌーボーである。

以上、諺《ことわざ》だからと言って無配慮に使い回していると、思わぬ差別意識が露呈《ろてい》するという結構怖い話なのだけれど、それはともかくとして、わたし達、美少年探偵団の切歯扼腕《せっしやくわん》なる活躍が、ありがたいことに何かの間違いでこのたびアニメ化されることになったので、番宣のために新刊を出すことになった。

切歯扼腕じゃないか。八面六臂《はちめんろっぴ》？

情報番組風に言うなら、『今日は瞳島眉美《どうじままゆみ》さんがスタジオに遊びにきてくれました！』という奴《やつ》だ——友達の家さえ遊びに行ったことなどないわたしが、まさかスタジオにお招きされようとは。

これが人生か。

だからと言って、完結したシリーズの続刊を、しかも舌の根も乾かぬうちに出すなんて行為は語り手の恥である。なまじそういった続きものにあーだこーだぐだぐだ言ってきた身としては、非常に気まずい思いをしている最中なのだが、土台、不良くんに風刺させれば『「アニメ絶賛放送中！」との惹句《じゃっく》が書かれた帯が本体となる書籍』だ、万年筆のおもむくまま、原稿用紙を染めればいい（最近、インク沼に嵌《はま》った。オーガナイザーになったというほうの意味ではなく）。むしろ下手に芯《しん》を喰《く》ったこぼれ話を紹介すれば、まるであの完結が不完全なものだったかのような印象を与えかねないではないか。我々の事件簿に書き残したことがあったかのように思われるのは心外極まる。しかしそこへ不意に飛び込んできたお知らせがあった。

お知らせ。

それは、とある訃報《ふほう》だった。

そうか……、あの人が亡くなったのか——最後の最後まで、秘密を抱えたままで。

否、秘密を抱えていたのはあの人だけではない。ご存知、『依頼人の側に守秘義務が課せられる』謎《なぞ》めいた集団である美少年探偵団が、わたしの知る限り唯一、あの人に関する秘密だけは守った。

理由は、そのほうが美しいから。それに尽きる。

新入りながら団の一員であるわたしも、だから『トゥエンティーズ』や『チンピラ別嬪《べっぴん》隊』、はたまた『胎教委員会』との戦いに、そのエピソードを織り交ぜるような無粋《ぶすい》は働かなかった。むしろ隠蔽《いんぺい》工作に走ったことにより、シリーズ内に若干の矛盾が生じてしまったくらいである。書き残したことがあったどころじゃなかった。

隠しごとは美しくない。なれど秘めごとは美しい。

しかしながら、当のあの人が天寿をまっとうしたとなれば話は別だ——秘密ではなく約束を守り、わたしは封印されていたエピソードを詳《つまび》らかに爪弾《つまび》き、ここに解禁しなければならない。

知られざる『大密室』事件、あるいは『モルグ街の美少年』事件を。

こうなると番宣も巡り合わせである。スタジオではなく密室に遊びに行くのだ。芯ではなく本編を喰うスピンオフ、もしもハードカバーで出していれば推理作家協会賞をいただけるくらいのハードで重厚な内容となるが、ご安心ください。

いつも通り、手に取りやすい文庫サイズ。今は税込表記なのかな？

書籍の時代は終わらさん。

ちなみに時系列的には、『地獄の美少年師』事件と『黄金美少年』事件の狭間《はざま》にあった出来事である――つまり、美少年探偵団というワインの樽に、わたしという泥水が一滴加わって、しばらく経過し、多少はなじんだ頃のエピソードだ。泥をもワインに変えてしまう摩訶不思議《まかふしぎ》な美少年探偵団が、五つの密室に挑む――ご笑覧あれ。

1　大密室展

大密室展を覚えておられるだろうか。

正式名称は万国密室博覧会。豊田《とよた》スタジアムおよそ十個分にあたる郊外の野外広場を借り切って、古今東西のミステリー小説に登場する、いわゆる『密室』を立体的に展示した一種のモデルルーム、いわば住宅展示場である。展示されるのはほぼ例外なく殺人現場なので、いわゆる事故物件みたいなものであり、間違ってもそこに住みたいとは思うまいが

——否、そんな事故物件に住みたいと強く思うような好事家のための一大イベントであった。

小説を読んで想像するしかなかったあんな密室やこんな密室が、実際の建築物として実物大で展示される——いわば密室の実写化だ。ここで心躍らずにどこで心躍ろうというのか。

ただし、結論から言うとこのイベント、大滑《おおすべ》りした。

いくつかの関連企業が傾き、国の経済に悪影響を及ぼすレベルの客入りだったそうだ——訪れた好事家の人数は決して少なくはなかったし、ネットではバズったと言うか、それなりに話題にもなったのだけれど、如何《いかん》せん予算が度外視されていた。

ひと桁どころかふた桁計算が間違っていた。

ミステリー風に言うなら、リアリティが無視されていた。

郊外とは言え、博覧会のために町を一つ作っちゃったようなものなので、たとえ国民全員が会場を訪れていたとしても、赤字は免《まぬが》れなかったかもしれない。表向きには華やかに見えても、裏では死屍累々《ししるいるい》だったそうだ——それゆえに大密室展は、裏では『モルグ街』なんて悪名で呼ばれたとかなんとか。

まあ、そんな大人の事情は、我ら美少年探偵団にはかかわりがない。美少年探偵団の団則その2、『少年であること』――だ。賢明なる指輪《ゆびわ》財団はこのイベントには一切嚙《か》んでいなかったことだけを記しておけば、十分である。

もっとも、金銭的な事情を差し引いても、なにげに入場者のハードルも高かっただろう。好事家以外に広く門戸が開かれていたとは言いがたい。選別されているようなものである。なにせ大密室展のパンフレットに書かれていた惹句はこうだ。

『警告・すべての密室小説のネタバレを含みます。』

強気の売り文句である。もしもアニメーションの番宣でなければ、そのまま帯の文句に借用したいくらいだ。あの名作やこの名作を読んでいないほうが悪いとばかりの堂々たる態度である。

言いも言ったり、大密室展。

密室を実物大で展示してある以上、そりゃあそうなのだけれど、改めてはっきりとそう宣言されてしまうと、二の足を踏んでしまうのも確かだ。こうも『私は言ったからな』感を前面に押し出されると、未熟なミステリーファンとしては、『勉強し直してきます』と言うほかない。SNSの発達により、どう頑張ってもネタバレを避け切れる時代じゃなくなった今なら、また別の未来があったかもしれない博覧会ではある。

未来。

とは言え、ささやかながらネタバレへの配慮というわけでもなかろうが、会場には既存の推理小説に依拠しない、オリジナルの密室も展示されていた——古典芸術に対するモダンアートとでも言えばいいのか、現代の名だたる建築家達に製作を依頼した、原作のない独自の『密室』を、会場のそこかしこに点在させて配置したのだ。

彩りであり、差し色である。

しかも、一種の企画展示と言えばいいのだろうか。

先程触れたパンフレットの片隅《かたすみ》に（主催者としてはあくまで目玉は『古今東西の密室の実在』のほうなので、扱いとしてはそんな程度だった）、こう記されていた——『もしもこれらの密室を解き明かすことができましたらば。』

『あなたが開けた部屋を小説化することを許可します。』

これまた尊大で傲慢《ごうまん》な物言いだが、同時に揺るぎなき自信も感じられる——曲がりなりにも探偵団である我々にとっては、挑み甲斐《がい》があると言わざるをえない。

団則その3、『探偵であること』。

むろん、小説化するために挑んだわけではないが……、その辺りの事情については、のちほど説明する。のちほどにするのは勿体《もったい》ぶっているわけではなく、あまり延々と説明文ばかりが続くのもなんなので。

地の文ばかりだと疲れちゃうしね。たまには空を舞わないと。

何より折角の博覧会だ、まずは実物をご覧いただくのがいいだろう。大密室展が示す通り、百聞は一見に如かず——これはこのわたし、『美観のマユミ』のキャッチフレーズでもある。

企画の中でもわたし達がチャレンジしたのは、万国密室博覧会の一隅に展示されていたオリジナル密室、異端の建築家・大紬海兵作《おおつむぎかいへい》。

『ショートケーキ館の五つの密室』だった。

2　『力学の密室』

「なんだよなんだよ。『力学の密室』なんて、いかにも鹿爪《しかつめ》らしいネーミングがされている割には、えらくド派手で華やかな部屋じゃねーか。フェイントをかましやがって。こういうのも羊頭狗肉《ようとうくにく》っていうのかね？」

第一の密室に這入《はい》るや否や、いきなり悪態《あくたい》をつき始める不良くんだった——この態度は極めて通常運転であり、団の中での役割を忠実に果たしているとも言え、そういう意味では、不良くんどころか真面目《まじめ》くんである。

そんな『美食のミチル』を「これこれ」といい声で窘《たしな》める役割を負うのは、もちろん『美声のナガヒロ』だ。不良くんの永遠にして宿命のライバルである。このふたりは一生こんな感じだろう。

「そう言わず楽しみましょう、ミチルくん。こうも探偵団らしい依頼は久し振りなのですから——瞳島さんからの依頼以来と言ってもいいのではありませんか?」

「んー、あれに比べれば、見劣《みおと》りするとまでは言わないけれど、随分と平和なんじゃない?」

と、天真爛漫《てんしんらんまん》な口調でそう受けながら入室して来たのは、『美脚のヒョータ』こと、生足くんだった——付け加えるまでもなく、今日もショートパンツの生足である。

「少なくとも、誘拐されたり人質に取られたりする恐れはなさそうだ」

……可愛《かわい》い顔をして、言うことは物騒《ぶっそう》である。さすが、これまで三回誘拐されたことのある中学一年生だ。

とは言え、今回の活動を表向き博覧会の見学と捉《とら》えるならば、確かに平和だし、過激派の不良くんが乗り気じゃなさそうなのも、わからなくもない……、ただ、かつての依頼人、そして探偵団新入りのわたしに言わせれば、この『力学の密室』を『華やかな部屋』の一言で済ませてしまうのは、いささか作者に申し訳ない気もする。

だって、まるで映画に出てくるような豪奢《ごうしゃ》な英国式ティールームだ——中央の猫足テーブルには、アフタヌーンティーのセットが用意されていて、サンドイッチやスコーン、ジャムやクリームバターが鳥籠みたいな三段の皿に載せられている。

各席に並べられたティーカップやソーサーも、ただならぬ一品であることは一目で知れたし、また部屋の調度も、決してレプリカではない時代物だと感心させられた。密室の住宅展示と言っても、もうちょっと手抜き工事的と言うか、舞台のセットみたいな書割をイメージしていたので、ここまで本格的な建築物だとは予想していなかった。

みくびっていたとさえ言える。

くびり殺されても仕方ない。

惜しむらくは、新入りのわたしはともかく、この手の豪奢さに対しては、美少年探偵団のメンバーは非常に目が肥えているという点である——憎らしいことに一様にすらっとしている面々ではあるが、眼球の肥満体と言ってもいい。彼らの事務所である学園の美術室は、ヴェルサイユ宮殿から移築してきたと言われたら信じてしまうような模様替えを施されているのだから。

施した張本人である『美術のソーサク』こと天才児くんも、いつの間にか密室内に這入ってきていて、いつも通り無言の中、早速、調度をあれこれ検分していた——余念がない。絵画や彫刻に秀でる天才児くんも、さすがに建築は専門ではあるまいが、ものを作る人間として、通じるところを感じているのかもしれない。

建築家・大紬海兵に対して。

少なくとも指輪創作《ゆびわそうさく》も、天才と呼ばれるひとりではある――わたしが（勝手に）天才児くんと呼んでいることからもわかるように。なんにせよ、いつもは一歩引いたところから探偵団の活動をサポートする『美術班』に徹する天才児くんが、いつもに比べれば前のめりであることは非常に頼もしい。

頑張って表情を読もう。無表情で無口な後輩の表情を。

とは言え、最後に入室してきた我らが団長は、美しさを比べるような真似《まね》はしないのだった――美しさには比類がない。美術室に比べればこぢんまりとまとまっているこの『力学の密室』に対しても、

「はははは！　実に美しいねえ、来た甲斐があった！　もう僕は満たされたよ！　このまま帰ってしまってもいいくらいだ！」

と、第一声から褒めそやした。

帰られたら困るのだが――この館《やかた》に五つある密室の、最初のひとつに入室した時点で。

気に入ったものを全肯定的に誉《ほ》めるのは、もちろん、わたしの『目』を評価したときと同

じである。

「特にその『人形』が美しいじゃないか——ただのマネキンを置いておいてもよかろうに、あの力の入れようには、僕は美学を感じずにはいられないよ！」

……そこに美を見出《みいだ》しますか、ボス。

むしろそこについては、誠実な語り部として、わたしは触れずに済ませたいくらいだったのだが……、ただし、見て見ぬ振りというのは、『美観のマユミ』らしい行動ではなかろう。

猫足のテーブルには、まるでわたし達の人数に合わせたかのように、椅子《いす》が六つ配置されていたが、そのうちのひとつが埋まっていた——ドレスを着た蠟《ろう》人形が座らされていた。

バターナイフを喉元《のどもと》にぶっすり突き刺された蠟人形が。

そりゃまあ密室なんだから、どんな調度や小道具よりも、死体は付き物である——死体がなければ密室ではないと言ってもいいくらいだ。だけど、こんなリアルな蠟人形を置かなくても。ちらっと見た他の展示物では、どれもわかりやすいマネキンだったよ。

美少年探偵団の団長、『美学のマナブ』こと双頭院学《そうとういんまなぶ》が美しいと感じたのは、しかしそんなリアルさ自体ではなく、リアルを追求する、密室の設計者の姿勢なのだろう——リー

ダーはことのほか嬉《うれ》しそうに、

「さて、諸君」

と、わたし達に呼びかけた。

「この密室をどう解き明かす？　挑戦しに来たつもりだったが、挑戦されているのは、あるいは僕らなのかもしれないぞ？」

3　密室五分類

ジョン・ディクスン・カーの生み出した名探偵・フェル博士の密室講義ではないが、大密室展の物好きな主催者から指名を受けた建築家のひとりである大紬海兵は、推理小説に登場する密室を、以下のように分類した。

1・『力学の密室』
2・『心理学の密室』
3・『生物学の密室』
4・『音楽の密室』
5・『無学の密室』

……出し抜けにえらく小難しいイメージを与えられたものだが、いかにも大学教授を務めたこともある、老練の建築家らしいと言えなくもない。わかるようでわからない分類だけれど、こんなカテゴライズを提示されて、我らが『美学のマナブ』が黙っていられないのもむべなるかな、だ。

大紬氏はその五分類を集約させた館を、大密室展に提供したのだった――その名も『ショートケーキ館』。

またはショートケーキホール。

煽《あお》ってきますねえ。

設計図をこれまたパンフレットから引用すると、円形のいわゆるホールケーキを、五人で公平に切り分けたような間取りである。つまり、それぞれの部屋は扇形であり、かつ、部屋から部屋への移動はできない――コネクティングルームではない五つの密室には、それぞれ扉がひとつしかなく、ショートケーキの側面、即《すなわ》ち外側からしか入出できない。

否、その入出もできないのだ。

密室ゆえに。

更に付言すると、このショートケーキ館、キッチンや収納、バスやトイレといった、生活感のあふれる当たり前の設備は用意されていない――いかに高名な建築家の手による邸宅と言えど、これでは引く手あまたの人気物件にはならないだろう。

一部好事家を除いて。

生活感、または現実感を排除した見取り図こそが、ミステリーファン垂涎《すいぜん》であることは言うまでもない——建築基準法など知ったことかという主張こそが美しい。

もっとも、大密室展に展示される342もの密室、うち42のオリジナル密室の中でも、個々の部屋のみならず、館ごと密室を建築した作者は、大紬氏をおいて他にはいない——ただ複数の密室を立体化するだけではなく、それらを一軒に集約させる必要があったのだと推定できる。

ショートケーキ館は、ホールケーキでなければならなかったのだ——なぜなら彼は、今回の依頼人である彼の孫、指輪学園一年B組の大紬麦《むぎ》ちゃんに、このような言葉を残しているからである。

『私は』

『密室の中の密室で死にたい』——

「オリジナルの密室と言っても、この住宅展示場にある他の341の密室から、このショートケーキ館が完全に独立しているってわけでもねーんだろ?」

と、不良くん。

かったるそうな口ぶりの割には、いつも口火を切ってくれる——天才児くんと違い、彼は『美食のミチル』だけあって、テーブルの上のティーセットが気になっているご様子だ。

「推理小説のトリックはとっくに出尽くしていて、どううまくアレンジするかだけだって言うもんな。今更起源《オリジン》にはなれない。むしろ大紬海兵は、その分類からして、体系的に密室を解釈したかったんじゃねーか？」

なるほど。

体系的なんて言葉が番長から飛び出すことにとてつもない違和感があったが、考えてみれば、『密室講義』なんてものが遥《はる》か昔におこなわれているわけだし……、『密室』というジャンルに囚《とら》われていること自体が既に独創的でないとも言える。

オリジなれない。

実際、英国式ティールーム風の密室も、レイアウトが扇形であることを除けば、スタンダードな古典ミステリーと言った感じで、特に意表をついてはこない。むしろど真ん中のストレートだ。

「つまりあんまり突飛な推理はしなくていいってことかしら？　新機軸を追い求めた挙句、奇想天外なトリックを想定すると、逆に真相からは遠ざかる……、スタンダードから逸脱してはならない……」

五つに密室が集約されていようがどうしようが、結局のところ、わたし達はまずは地道に、ひとつずつ、用意された密室を解明せざるをえないのだ——博覧会風に言うならば、それが順路なのである。

「唯一の出入り口であるドアには鍵《かぎ》が掛かっていて、被害者（の、蠟人形）は、中でひとり、バターナイフで刺殺されていた——ここら辺も王道と言ってもいいわね」

「ボクだったらバターナイフで殺されるのは嫌だなー。格好いいサバイバルナイフで殺して欲しいものだよ」

と、つくづく物騒な願望をあらわにしてから、生足くんは、「ルームキーは、被害者のドレスにあったよ」と、抜け目のない現場検証の成果を述べた。ショートケーキ館に限らず、すべてが体験型展示の大密室展は『展示物にはお手を触れないでください』ではないわけだが、しかしいの一番に女性被害者のボディチェックを優先するあたり、生足くんの業を感じる。

「きっと幼少期から、自分の生足にされてきたことなんだろうな」

「ボクのＰＴＳＤを勝手に予想しないで」

今現在ボクの美脚をまさぐるのは瞳島ちゃんだけだよ、と言われてしまった——そりゃ光栄なことで。

ちなみに、わたし達六人が入室するにあたっては、主催者側から貸し出されたスペアキーを使った——合鍵《あいかぎ》の存在は密室を台無しにすると指摘されたらそれまでだが、しかしこの点だけは妥協しないと、体験型展示を体験できない。

せっかく建築された342の密室も、閉じられている状態を外側から打ち眺《なが》めるだけでは、魅力も半減である——かと言って、入室するためにいちいち、SWATが使用するような破城槌《はじょうつい》をほいほい貸し出すわけにはいくまい。

それでは扉が何枚あっても足りない。

「確かに。しかしその『力任せ』こそが、あるいは『力学の密室』のテーマなのかもしれないと思うと、あえての合鍵というのが、文字通りキーである可能性も否定できませんね」

先輩くんが何か言ってるな。

決して生徒会長にして副団長の言葉をぞんざいに聞いているのではなく、いい声過ぎて、彼の言葉はあまり頭に入ってこない——いいことを言っていても、声がそのよさを超えてくる。

何を言っても説得力がある代わりに何を言われても刺さらない。

「文字通りキーになるなんて、言い古されたありきたりな表現を使われても、聞き流しちゃうわよね」

「聞き流していないじゃないですか」

当然ながら、どれほどいい声であっても、美少年探偵団の知恵袋である先輩くんのお言葉を、おろそかにするわけにもいかない——探偵団を探偵団たらしめているのはこの副団長なのだから。

つまり何？

与えられたチートアイテムであるスペアキーを使わず、ノック三回で扉をぶっ壊すのが、英国式の正しい入室マナーだったと？

「シャーロック・ホームズはそんなことしないでしょ」

「あの名探偵は自室の壁をピストルで撃ちまくっていましたよ」

おやおや。

古典をイメージで語るとしくじるね。

しかし、扉を破壊すべきだったかどうかはさておいて、『力学の密室』という以上、どれほどトラディショナルなブリオッシュスタイルと言えど、なんらかの物理的なトリックが働いていると、思考の軸を定めるべきだ——そこで叙述トリックを仕掛けるほど、大紬氏も偏屈ではあるまい。

私も『映画に出てくるようなティールーム』と叙述したものの、あくまでこの博覧会は、『推理小説に登場する密室』を立体化することに価値を置いている——『映画』ではなく『小説』だ。文字表現が優先されている以上、作品名『力学の密室』が、ないがしろにされているわけがない。

「ははは！　まあそう力むものではないよ、眉美くん。ミチル、お茶を淹《い》れてくれ。こういう部屋だし、イングリッシュ・ブレックファーストがいいな」

肝心のリーダーが思いっきりティールームを満喫しようとしている——気が付いたら座っている、喉元を刺殺された蠟人形の正面に。そりゃあ学園で不当に占拠している美術室では、給仕は不良くんの役割だが——

「……その銀製っぽいティーポット、中身入っているの？」

「ん？　ああ、入ってるな。展示物なら空でも、ただの水を入れておいてもいいだろうに、無駄にこだわってやがる。さすがに冷めてるが」

アイスティーだ。

と、片手でぞんざいにティーポットを持ち上げたかと思うと（温度はともかく、重さで水か紅茶か判断できるの？　塩何グラムが指ひとつまみでわかるようなもの？）、不良くんは三段の皿のスコーンにも、流れるように手を伸ばす。

死体と同じく見本の蠟細工《ろうざいく》かどうかをチェックするのかと思いきや、『美食のミチル』はそのスコーンをそのまま自分の口に運んだ。

「うん。まあうまい。プレーンでも。ジャムいらねーな、これ」

「何やってんの不良くん!?」

思わず不良くんと呼びかけてしまった。本人に。しばかれるリスクを忘れて。

展示物を食べるなよ!

デパ地下の試食コーナーじゃないんだから!

「うるせえな。俺は目の前に食べ物があったらとりあえず食べるんだ」

「マシュマロテスト零点かよ」

十五分でスモアとか作りそうだ。

ただまあ、あの有名な心理実験は、おそらく被験者の中に『今日、飢えている子供』が含まれていないという点で、ミステリー小説内で建築された『館』のごとく、現実に即していないとも言える——明日まで生きていられるかどうかわからない人間に、今日食べるのを我慢しろというのは酷である。

十五年後の成功よりも、今この瞬間のマシュマロだ。

「きっと不良くんも幼少期に、おなかいっぱい飢餓を経験したんだね」

「だから、なんでお前は俺達の過去エピソードを勝手に捏造《ねつぞう》するんだよ。どんな語り部だ。サンドイッチもうめーな、これ。ぱさぱさに乾いてるけど」

そう言って、不良くんは再びティーポットに手を伸ばす——乾いたサンドイッチで喉《のど》が渇いたからか、それともリーダーからの注文に応じてなのか、冷めた紅茶をカップに注ごうという算段のようだ。

貴様の腹ぺこ主義にリーダーまで巻き込むなよと思ったが、結局、不良くんはティーポットを傾けるのを思いとどまった。

やはり自分で淹れた紅茶以外は注ぎたくないという料理人のプライドを思い出したのかと言えば、決してそうではなかった——『美食のミチル』はそういうタイプのシェフではない。

料理なんて腹に溜《た》まれば全部おなじ、俺の作るものはたまたま栄養バランスが取れて味がいいだけだという主義である。わたしの普段の食事の栄養バランスなみに、偏った主義だ。

切り取れば美食どころか雑食だが、美食を極めた者だからこそ言える台詞《せりふ》でもある——少なくとも、他人の作った料理や淹れた紅茶を、卑下するようなことを言うのは聞いたことがない。いや、わたしが普段飲んでいる紅茶は泥水だと言われたことがあったか。

わたしが個人的に嫌われていることはともかくとして、今回、不良くんがティーポットを傾けなかった理由は、

「なんだ、砂糖がねーじゃねーか」

だった——テーブルの上にあれこれ、アフタヌーンティーパーティーの素材を揃《そろ》えておきながら、砂糖壺《つぼ》が空だったと言うのだから、これは職人気質の気勢を削《そ》がれても仕方ない。

「ミルクはあるのに。誰かが砂糖だけ食ったかな」

「わ、わたしじゃないわよ?」

わたしは幼少期、飢餓を経験していない。いくら『美観のマユミ』とて、仲間の目を盗んで砂糖を丸呑《まるの》みにしたりするものか——常識的に解釈するなら、見栄えとしてのスコーンやらサンドイッチはともかく、まさか実際に紅茶を飲もうとする来場者までがいるとは思うまいから、蓋《ふた》のされたシュガーポットの中身までは準備しなかったということだろうか。

「そうかな。それだと、ティーポットの中身も空であるべきなんじゃないの? 危ないでしょ、いくら冷めていても、液体のほうが」

生足くんが私の常識的見解に横槍《よこやり》を入れた――それは仰《おっしゃ》る通り。

「密室を作るために館を建ててしまうような大紬氏の性格からすると、そういった目に見えない細部にこそこだわりそうなものですしね。細大漏らさず」

目に見えない細部――か。

ならば先輩くんも生足くん同様に、空っぽのシュガーポットには何らかの意味があると考えるのだろうか？

それが『力学の密室』の鍵であると。

「どうかしらねえ。それとも単に、大紬氏は、紅茶はストレート派だったってことかもしれないわよ？　性格が表れるというのなら、そういう点に、気付かず個性って出ちゃうものだし」

ミステリーファンからすれば密室という言葉は胸のときめくワードではあるけれど、普通に使えば、それは談合が想起されたりする。

密室で決まりだね！

なんて、迂闊《うかつ》に言うと、読書の嗜好《しこう》がバレてしまうわけだ――同じように、砂糖の不在は、大紬氏の嗜好を明らかにしているだけでは？

「それともまさか、犯人は砂糖を凶器に使ったっていうの？」

凶器はバターナイフだ。

生足くんの言う通り、バターナイフで殺されたくはないが、さりとて砂糖で殺されるというのは、それこそ栄養バランスの問題である。『力学の密室』ならぬ『栄養学の密室』になってしまう。

「凶器ではなくとも、砂糖を鍵にしたのかもしれないぞ？」

ここで団長がわたしを指さした。

砂糖を鍵？

その場合の鍵とは、まんまな意味での、比喩《ひゆ》ではない鍵？

「そう。大きい角砂糖を彫刻のようにがりがり削って、ドレスの中にあったという鍵とまったく同じフォルムの鍵を成形すれば、あら不思議、新たなるスペアキーの出来上がりだ」

あら不思議、じゃないよ。

それではいい感じのSEは鳴り響かない。

不思議なのは団長の脳内物質である——大きい角砂糖ってなんだよ。

「残念、非常に惜しい。先にそれを言っておかなかった私の痛恨のミスですが、このシュガーポットに添えられているカトラリーは、トングではなくスプーンです。つまり、この壺に入れられていたのは角砂糖ではなく粒砂糖でなくてはなりません」

副団長が副団長の鑑《かがみ》みたいに、本当に惜しそうなリアクションを見せる――よいしょし過ぎだろう、団長の推理を。

生徒会長なのに秘書タイプだ。

「粒砂糖ねえ……」

不良くんが、そこで考えるような仕草《しぐさ》を見せた――表の世界では対立している優等生の聞き苦しいおべっかに、食ってかかるという己の役割を果たそうともせず。サボタージュか？

なんだろう、何かが引っかかったのかな？

あまり使われない『粒砂糖』という用語が、『美食のミチル』として気に掛かったのだろうか――一般的には粉糖《ふんとう》だっけ――しかし、そうではなかった。

顔を起こし、

「瞳島。お前、ちょっと手を見せろ」

と、不良くんはわたしに言った。

おいおい、指紋でも採ろうって算段か、この野郎？　舐《な》めやがって。いいだろう、いくらでも採取してもらおうじゃないか、それでわたしが砂糖泥棒じゃないと立証できるんだから安いものだと、わたしはわたしで犯人のリアクションを見せながら、言われるがままに手を見せた――舐められた。

舐められた⁉　リアルに⁉

「なにすんの⁉　さながら王子さまがプリンセスの手の甲にキスをするがごとく！」

「いや、そんないいものじゃなかった。今のはもうちょっと気持ち悪い行為だった」

生足くんが珍しく、真顔で指摘した――彼が引くというのはよっぽどだ。しかし、人の手のひらを舐めておいて（舐めるのはわたしの才覚だけにしておけよ）、不良くんは何食わぬ顔をして、「ふん。そういうことかよ。くだらねえ」と言った。

くだらない？　わたしの手のひらが？

「ああ、くだらない。少なくとも、美しくはねーな――しかし確かに、『力学の密室』ではあるのか。『力尽くの密室』のほうが正解だが」

まったく、食べ物を粗末《そまつ》にしやがって――と、砂糖の推理なのに、苦虫を嚙み潰《つぶ》したような顔つきで、不良くんは言うのだった。

4　『力学の密室』・解決編

俗に、調味料のさしすせそ、と言う。『さ――砂糖』『し――塩』『す――酢』『せ――醬《せう》油《ゆ》』『そ——味噌《みそ》』で、この順番で調味料を使うことが、料理のコツなんだとか。『最初に砂糖』『しょっぱい塩』『すっぱい酢』『せっかくの醤油』『そして味噌』と覚えると、覚えやすい覚えかただ。

せっかくの醤油ってなんだ。

また、この『さしすせそ』は、聞き上手になるための相槌《あいづち》の打ちかたとしても、最近は聞くようになった。なんだっけ？　『さ——さすが私』『し——知ってたー！』『す——すごーい』『せ——センス』『そ——それが私！』だっけ？

相槌なんて打ったことないからわからないや。

ともあれ、相槌はうまく打てなかったが、ショートケーキ館の第一の密室、『力学の密室』を紐解《ひもと》いたのは、意外や意外、パワーキャラの不良くんだった。そういう文脈では意外でもないのか。

まあ、実際のところ、不良くんは割合芯を喰ったことを言うのだ、飢餓キャラだからかどうかはしらないが。

もっとも、悪態をつきながら開示されることの真相は、わたしの相槌下手を差し引いてもわかりにくく、結局、美少年探偵団のスポークスマン、広報担当の『美声のナガヒロ』に代弁されることになった——以下のように。

「東西東西。

「密室の扉に鍵がかかっているのは当然ですが、しかしその『鍵がかかっている』という状態も一通りではありません。

「世の中にはいろんな錠がありますよね。

「差し込み錠、クレセント錠、ねじ込み錠、閂《かんぬき》、南京錠《なんきん》、チェーンロック、バーロック──原始的なところでは、つっかえ棒でも、扉が閉じて開かなければ、それは立派な鍵であると言えます。

「そしてこうも言えます。

「たとえ鍵がかかっていなくとも、扉が閉じて開かなければ、それは鍵がかかっている状態と同じである──と。

「たとえばですが、内開きの扉を、外開きだと思い込んで、ずっと引っ張っていても、その扉は永久に開かれることはありませんよね？　ならばドアノブを持つ者にとって、その部屋は這入ることも出ることもあたわない、まごうことなき密室であるわけです──なんら複雑な要因のない、簡単な力学ですね。

「ですから、たとえばです。眉美さんがそんなお間抜けキャラだとは言っていません。

「その程度のお間抜けだとは……。

「もちろん眉美さんはこのティールームの扉に鍵がかかっていることを確認してから、スペアキーを差し込んで、それからドアを開けたはずです——極めてシンプルな手順通りですが、ただ、どうでしょう。

「本当に鍵はかかっていたのでしょうか？

「確認したのはあくまで扉が開かないことそれ自体であって、鍵がかかっていたかどうかではなかったのでは？

「同じことじゃないかと仰いますが、違います。内開きの扉を外に引いていたと言いたいわけでもありません——これもたとえ話ですが、内側につっかえ棒があっただけだとは思いませんか？

「思わない。なるほど。

「実際、ティールームの内部には、そのように物理的な仕掛けはありませんでしたしね——しかしながら、ここで大仰なバリケードを築く必要はないのです。

「積み上げるのは砂糖で十分です。

「いえ、団長、大きい角砂糖のブロックをドアの内側にバリケードとして積み上げるわけではなく——その発想のほうが実際のトリックよりもはるかに格上ですけれど、どうかお聞きください。

「使う砂糖の量はもっと少なくて結構です。スプーン一杯分とは言わないまでも、シュガーポット一杯分くらいで。

「わざわざ鍵をかけなくとも——バリケードを築かずとも、あるいは内側から力自慢が押さえつけるまでもなく。

「ドアノブを固定すれば、扉は開きません。

「厳重に鍵がかかっているのと同じです。

「超能力者でもない限り、ノブを捻《ひね》らずにドアを開けることは不可能です——逆に言えば、ノブが動かなければ、鍵がかかっていると判断するでしょう。

「眉美さんがそう判断したように。

「そういう形式の鍵もありますし、内部で殺人事件が起きている可能性があるという状況では、早計もやむかたありません。眉美さんが特に、判断が砂糖のように甘い粗忽者《そこつ》というわけではなく。

「つまり、もうおわかりですよね？

「犯人は砂糖を使ってノブを固定したのです——おや、まだぴんと来ませんか、眉美さんは。眉美さんに限っては。ではもう少しだけ続けましょう。

「端的に言うとアイシングですとも。

「デザートの技法であり、専門家のミチルくんに言わせればまったく違うテクニックなのでしょうが、クレームブリュレ……、いえ、眉美さんの場合、ショートケーキの上に置かれた砂糖菓子をイメージしていただくのが適当かもしれません。バーナーか何かで炙《あぶ》って溶かした砂糖を、刷毛《はけ》か何かでノブに塗りたくってコーティングすれば、紅茶のように常温で冷ますだけで、さながら氷のように固まります。

「バーナーの温度を調整すれば、透明度も氷同様です。

「いわば氷砂糖ですね。

「角砂糖でも粉砂糖でも粒砂糖でもなく。

「だったらいっそ氷で仕掛ければいいじゃないかと思われるかもしれませんが、アフタヌーンティーにアイスティーの居場所はないのもさることながら、氷は氷点下でないと凍《こお》りませんし、しかも時間が経過すれば溶けてしまいます——ここが密室ならぬ冷凍室ならばまだしも、コントロール下におけません。

「翻《ひるがえ》って氷砂糖ならば、ドアノブを常温でロックできます——文字通りに。ロックできても解凍、ならぬ解錠ができないだろうって？

「その言葉を待っていました。

「いえ、ロックと言っても所詮《しょせん》は砂糖細工ですからね——その結合は、強く力を込めればたやすく壊れるんですよ。角砂糖を砕くのと同じです。ケーキの上のサンタクロースも、噛《か》み砕《くだ》くときは一瞬でしょう？

「堅くて脆《もろ》い。

「つまり、こういうことです。

「スペアキーで鍵を開けたつもりになっているから——実際には合鍵が鍵穴《かぎあな》の中を空転しただけでも——、二度目は一度目よりも強くドアノブを捻るでしょう。多少抵抗があっても、鍵はかかっていないと軽率にも決めつけているから、金属が軋《きし》んでいる程度にしか思いません——いえ、眉美さんが軽率と言いたいわけではなく、開くと決めつけていた自動ドアにぶつかったとき、普段自分がどんな勢いで歩いているのか知るように。

「これこそが『力学の密室』の肝ですね。

「力尽くでの破壊——です。しかも、最小の。

「密室が開放されると同時に、証拠は粉々に破壊されるのですから一挙両得です。実際にはひび割れた破片なので『粉々砂糖』というわけではありませんが、何せ場所がティールームで、シチュエーションがアフタヌーンティーですから、粉砕された砂糖が床に落ちていたところで、食い意地の張ったゲストがいたと判断されるのみ——と言うのは、いくらなんでも犯人にとって都合のいい妄想ですが、まあ、死体が密室に付き物であるよう、砂糖がティールームに付き物であることは間違いありません。

「ミチルくんが勘付いたようにね。

「ようやくお察しの通り、ミチルくんが眉美さんの手を取って恭《うやうや》しく口づけをしたのは、決して忠誠を誓ったわけではなく、『美食のミチル』らしい、単なる味見だったというわけです——硝煙反応を確認するがごとく、手のひらに砂糖の残滓《ざんし》が残っていないかどうかを確認するための。

「さぞかし甘い香りがしたことでしょう、初恋のように」

5 依頼人・大紬麦

その名に反して『美食のミチル』が、宿命のライバルにおいしいとこ取りをされたところで、アリバイトリックのごとく時計の針を巻き戻そう——いかにしてわたし達美少年探偵団が、万国密室博覧会を訪れることになったのかを、そろそろ説明しておいたほうがいい頃合いだ。

時系列をシャッフルすることで、高度な作劇技術を駆使している振りをしたいわけではありません。

この『大密室』事件は、わたしのときもそうだったが（『美少年探偵団　きみだけに光かがやく暗黒星』参照）、基本的に待ちの姿勢を取らず、積極的にトラブルに首を突っ込む傾向のあるアクティヴな美少年探偵団にしては珍しく、スタンダードに依頼を受けての出陣だった。

普通ならまともな展開だが、そういう意味では出だしからしてなかなかのイレギュラーである――逸脱していると言ってもいい。実際、どんな奇人変人が、学園内でも悪名高い謎の組織に、悩みごとを相談しようとなんてするだろう？

大紬麦という奇人変人だった。

既に述べた通り、建築家・大紬海兵の孫娘である――彼女が持ち込んだ依頼は、その祖父の捜索だった。

『行方不明になったおじいちゃんを探して欲しい』なんて、明らかに来る場所を間違えている。それはもう美少年探偵団どころかまともな少年探偵団に持ち込むのもはばかられる、ちゃんとした大人の探偵事務所に依頼しなければならない案件だったが、そちら方面に関しては既に、親や兄弟、仕事仲間と言った大人の依頼人達が対処しているとのことだった。

裏返せば、彼女が子供であるがゆえに相手にされなかった依頼を、何を血迷ったか、美少年探偵団に持ち込んだというわけだ――いや、それなら持ち込む先は、美少年探偵団で合っていると、言えなくはない。

「『私は密室の中の密室で死にたい』――おじいちゃんはそう言い残して、いなくなっちゃったんです。大密室展に展示される予定の、ショートケーキ館を完成させた直後のことでした――」

建築家として満足のいく作品を完成させたからもう人生に思い残すことはないというような意味だと受け取ったが、しかしおじいちゃんは実際に失踪《しっそう》してしまった。

こうなると話は違ってくる。

思い残すことはないとか、もう死んでもいいとか言うのと、実際に死んでしまうのとはぜんぜん違う――麦ちゃんは、祖父が自ら命を絶つつもりなんじゃないかと思い詰めていた。

「おじいちゃんは、おばあちゃんが死んでからずっと塞ぎ込んでいて……、最近は身体《からだ》の調子もよくなかったみたいで……、本当は入院しなきゃいけないくらいなのに……、『密室の中の密室で死にたい』、だなんて……、わけがわからない」

わけがわからない。

まったく同意できる……、と言いたいところだが、第三者として聞くと突飛な発想のようではありつつ、わたしは老齢の芸術家だったこともなければ、そんな人を祖父に持ったこともないので、やはり確たることは言えない。

ただ、孫娘に残したメッセージである『密室の中の密室で死にたい』という言葉が、大密室展にあまりにも符合していることは間違いないのだった。

言い残した言葉。

それを言い遺《のこ》した言葉にしてはならない。

まあ、天才建築家が、展示中のショートケーキ館の中で死んでいるということはさすがにないだろうけれど、そこにヒントがあるかもしれないという可能性を、たとえ大人は否定しても、わたし達は否定できない。

まして館を構成する五つの密室が、『力学の密室』『心理学の密室』『生物学の密室』『音楽の密室』『無学の密室』なんてネーミングをされているならば尚更《なおさら》だ──うちの団長の通り名をなんだと思っている。

『美学のマナブ』だ。

学ばせてもらおうではないか。

というわけで、わたし達は麦ちゃんから関係者パスを頂戴《ちょうだい》し（もしも今回の活動に依頼料みたいなものが生じているのだとすれば、わたし達が受け取ったのはこれだけだ）、博覧会が本格的にオープンされる前の早朝から、ほぼ無人の住宅展示場に乗り込んだのだった——展示されている数々の密室に、『脇目《わきめ》も振らず』とはいかなかったが、しかし目指す館はすみっこに配置されたショートケーキ館ただひとつである。

外から見ると真っ白な円柱状の平屋で、本当にショートケーキみたいな、モダンな邸宅だったけれど、まずは密室をひとつ、クリアしたわけだ。

もっとも、それを喜んではいられない——探偵団にあるまじき発言ではあるけれど、密室のクリアはわたし達の目的ではないのである。『力学の密室』の内部に、砂糖の破片はともかくとして、大紬氏失踪に関するヒントはなかった。

今のところ、美しさは求めるべくもない——砂糖菓子のようにコーティングされたドアノブは、美しく輝くと言えなくもないが、解錠の功労者である不良くんは、こう一蹴《いっしゅう》する。

食べ物で遊ぶな。

6　『心理学の密室』

ひとつめの密室である英国式ティールームは、わたし達のアジトの美術室を如実に想起させるものだったが、ふたつめの密室『心理学の密室』もまた、わたし達の専門分野に近かった——わたし達と言うか、油断するといるのかいないのかわからなくなってしまうほど無口な、さっきは先輩くんが喋《しゃべ》っている途中で帰ったんじゃないかという嫌疑を掛けられていた『美術のソーサク』の、これこそが専門分野だ。

ここだけは、博覧会の一角と言うより、美術館の一室のようである——先程の部屋と同じく扇形の部屋の、すべての壁（四囲、ではなく三囲。二辺の壁と一辺の弦）に、パズルのようにぴっちりと、額装された絵画が大量に飾られていたのである。

大量としか言いようがない枚数だ。

大きさは様々で、はがきサイズの絵画から、わたし達六人の表面積をすべて足し合わせても覆《おお》えないサイズの号数の絵画までが、隙間《すきま》なくみっちりと。もしかしたら天井にも額が貼《は》り付けられているんじゃないかと思って見上げたが、さすがにそんなことはなかった——まあ、直《じか》に描く天井画ならばともかく、額装された絵画を天井に飾るなんて、普通に危険だからね。

尖《とが》っているのが絵画の内容だ。

水彩画もあり油彩画もあり、はたまた水墨画も浮世絵もあり、その技法は様々だが、すべてのキャンバスに描かれているテーマだけは共通していて——前振りから想像はつくと思うけれど、どの絵画でも『密室』が、インサイドから描かれているのだった。

「間取りは寸分狂わず同じなのに、内装が違うだけで、こうもがらりと印象が変わってしまうのですかね──『本棚に囲まれて死にたい』というのはよく聞きますが、絵画に囲まれて死にたい者のための部屋と言ったところでしょうか」

『密室の中の密室』……。

先輩くんがいい声でそう評するが、どちらかと言えば、これは密室に囲まれて死にたい者のための部屋だ。

とは言え、実際に部屋の中央で倒れているのは、この部屋の設計者でありインテリアコーディネーターでもある大紬氏ではなく、前室と同じ、リアルな蠟人形だった。スーツを着せられた男性の蠟人形は、もしかして学芸員のイメージなのだろうか？　首にロープが巻きついていて、死因が絞殺であることを匂《にお》わせている。

一回目と違って、あることはあらかじめわかっちゃいたけれど、蠟人形のリアルさに、いちいちぞくっとするな……、双頭院くんが言っていた通り、ただのマネキンでもよさそうなものなのに、顔を紫色に変色させているあたり、妙なこだわりを感じさせる。死を、より強くイメージさせる……。

「ふむ。これを機会に僕達の事務所にも蠟人形を設置しようかな。ポーズを取った僕ら六人の蠟人形を」

マダム・タッソー館じゃあるまいし。

自意識が強過ぎるだろ、ボス。美意識かな？

「『密室の中の密室』と言うより」

生足くんがくるりと、Y字バランスでターンしながら言う——隙を見せれば美脚をアピールする。

「『密室のための密室』だよね、これじゃあ。どの部屋も窓や明かり取りさえないって言うんだから。うるさ型の推理小説ファンとしては、一言もの申したくなるよ」

「うるさ型って……、生足くん、本なんて読んだことないでしょ？」

「あるよ。心外だよ」

あるかないかはともかくとして、確かに、鋭い指摘ではあった。

前室のティールームはまだしもだが、この……、なんて言うか、絵画鑑賞室は、生活空間とはとても言えない。

ある部屋が殺人犯によって密室化されたんじゃなくて、密室にするために殺人犯が部屋をビルドアップしたという印象で——いや、万国密室博覧会の性質を思えば、それが本筋であり、主軸でさえあるし、推理小説とはそもそもそういうものなのだけれど、実際に建造物としてそれを見せられると、異様さが際立つ。

活字と立体、三次元との違いか……、変に現実感が増すことで、非現実感が肥大化している。もしもショートケーキ館のすべての密室を解き明かし、めでたく『小説化する権利』とやらを付与されても、この異様さを完璧《かんぺき》に表現できる自信はなかった。

筆舌に尽くしがたいとはこのことだ。

それとも、絵にも描けない美しさ……、なのか。

そうだ、それで言うと、二次元である絵画の場合は……。

「わたし、絵のことはよくわからないんだけど……、不良くん、ここにある密室の絵って、うまいの？　どうなの？」

「なんで俺に訊《き》くんだよ。ソーサクに聞けよ」

「無視されたらつらいじゃない。そしてわたしは答を知りたいと言うより、わからないという気持ちを共有したい傾向があるのよ」

「クズが」

短く吐《は》き捨《す》てられた。

わたしを見下す時間さえ惜しみ始めたな。

それでも天才児くんに無視されるよりもいくらか心地いいくらいだったが、わたしの質問には、先輩くんが答えてくれた。

「下手ではありません。技術は確立しています。専門的な教育を、長期間受けたことはあるでしょう——大紬氏の手による絵画なのか、それとも外注したのかは定かではありませんが、そつなくできていますよ」

下手ではない——技術は——教育を——そつなく。

なんだか、『誉めたくない』『認めたくない』みたいなニュアンスを感じるな……、解釈するに、『優秀だけど、天才ではない』みたいな風なのだろう。先輩くんはメジャー作品に否定的な文化人なのかな？

「この大密室展と違い、古典の名作に登場する密室をモチーフにして描いた絵というわけではなさそうですが……、もしも大紬氏の所在を知るために、描かれたすべての密室を解決しなければならないとすれば、いささか途方に暮れますね。五つの密室どころじゃありません」

確かに、わたし達には時間が無限に許されているわけではない……、わたしを見下している余裕もない。万国密室博覧会が本格的に開幕する前に、ケリをつけてしまいたい。プレオープンのうちに……。物件の原状回復という意味では、『力学の密室』のドアノブを、元通りにアイシングし直さないとまずい。甘かろうとまずい。

「その点に関しては大丈夫なんじゃないの？　謎かけのイラストって感じじゃなく、単に閉じられた部屋を描いているって画風だもん。閉所恐怖症の逆って言うか……、わかっちゃいたけど、よっぽど密室が好きなんだね、大紬氏は」

生足くんが、片足で回転しながらざっとすべての絵を鑑賞し終えたようで、感心したように言う——なるほど、密室愛好家というわけか。

でなければ、そもそもこんな素っ頓狂《すっとんきょう》な仕事を引き受けまいが……、まともな建築家なら、いくら金を積まれても断る案件だ。でも、やりきった気持ちになるのも、不思議ではない。ここまで好き勝手な建築を手掛けられれば。

「絵の評価額については脇《わき》においてよ。順当に解釈するなら、この壁一面に敷き詰められた額を外せば、その裏が抜け穴とか隠し通路とかになってるってのが、『心理学の密室』の盲点って奴なんじゃねーのか？」

そうだった。

ここは『絵画の密室』ではなく、ショートケーキ館第二の密室『心理学の密室』である——絵画の技法への造詣が深い必要はないのだ。

窓はなくても、抜け穴はあるかも……。

「でも不良く——袋井《ふくろい》くん、抜け穴ってミステリーじゃ夢落ちレベルの禁じ手なんじゃないの？」

「改めてお前に袋井くんとか言われると、違和感バリバリだぜ。そうなのか？」

いや、生足くんにあんなことを言いながら、わたしもそんなに冊数、本を読んでいるわけじゃないのだけれど、『実はこの部屋には抜け穴があったのです！』が密室の真相では、アンフェアのそしりをまぬがれない気がする。

「批判を浴びるかどうかは、抜け穴の質にもよるでしょうね。抜け穴が通じている先にもよるでしょう」

言うが早いか、先輩くんは、壁面の絵画、その額へと手を伸ばす――さっきからこの先輩、澄ました顔をして不良くんの提案を、自然に横取りするような行動ばかり取るなあ。

それが権利のように。

「これが実社会で成功する者と、敗残者との差か……」

「誰が敗残者だ。跡形も残らないようにしてやろうか」

「怖い突っ込み」

しかし、このたびの副団長の『とんびに油揚げ』作戦は不首尾に終わった……、どのキャンバスの額はしっかりと部屋の壁に固定されていたからだ。強力な接着剤でひっつけられているのか、それとも最初から埋め込まれているデザインなのか……、抜け穴を隠しているどころか、画鋲《がびょう》と紐《ひも》で吊《つ》っているわけでさえなかった。

こうなると、絵画でなく壁紙である。

交換不可能な、ストリートにあるウォールアートと言ってしまってもいいかもしれない……、日本じゃあんまりやらないけれど、部屋の壁に、住人がじかに絵を描くって文化は、たまに聞かなくもない。

「ふうむ。ミチルくんの推理は、残念ながら的を射なかったようですね」

「あれ？　もしかしてこの人、失敗の責任を発案者に押しつけてるの？」

「まさかまさか。瞳島さんは、何か推理はありますか？」

わたしからも手柄《てがら》の横取りを目論《もくろ》んでいる？　なんて貪欲《どんよく》な……、しかし将来的についていくならこの人かもしれない。

今回はドアには仕掛けはなさそうだった。なにぶん、『力学の密室』でのことがあったので、その点には意識が働いていた……、ちゃんと鍵はかかっていたし、スペアキーで解錠したことも間違いない。手応えがあった。確実だ。まあ、館を建ててまで密室をわざわざ五つに分類している以上、大紬氏も同じトリックを採用はしないだろう。

そして抜け穴ではなかったにせよ、『心理学の密室』と銘打つ以上、何らかの盲点を突いていることも確実だ。ミステリーのトリックは、あまねく心理的なトリックであることも踏まえて、つぶさに観察すれば――

「……一応確認しておくけれど、リーダー。わたしの『目』は、今回は使っちゃ駄目なんだよね？」

「駄目だ。厳禁だ。眉美くんの目は美しいが、そのアプローチは美しくない。これが挑戦である以上、フェアプレイで真実に挑もう」

変な『真実か、挑戦か』だ。

でも、わたしの『よ過ぎる視力』の使用法は、リーダーに委《ゆだ》ねると決めている――きっぱりそう言われた以上、今回は眼鏡《めがね》っ子で通そう。わたしもわたしの『目』を、好んで使いたいわけじゃないし。

「叙述トリックなら、『心理学』の『学』と、絵画の『額』をかけて、うまいこと言いそうなものだけれど……」

考えたことをそのまま当て所《あど》なく口にしながら、わたしは部屋を一周する――まるで死体の回りをうろうろするハイエナのムーブだったが、答どころか、何のヒントも得られなかった。これでは密室の絵がゲシュタルト崩壊を起こす。

と、考えに熱中するあまり、そこで危うく、わたしは衝突しかけた、気配を完全に消していた天才児くんに。

室内を徘徊《はいかい》するわたしと違って、天才児くんは最初から一枚の絵に注目し、微動だにしていなかったようだ——これも盲点と言えば盲点か。じっと動かずにいることで、見えなくなってしまうというのは。

天才が分析を終えて帰ったんじゃなくてよかった。

天才児くんが無言で着目していたのは、ドア脇に掲げられた大きな画号の絵だった——実寸大の密室が、写実的に描かれている。まさか絵のサイズに圧倒されているわけでもないだろうが——大きな角砂糖でもあるまいし。

先輩くんはあまり評価していなかったが、この一枚に関しては、若き芸術家が目を奪われるほどの作品なのかな？

「あ、あのー。よければご意見を伺わせてもらってもよろしいでしょうか。わたくしめの蒙《もう》を啓《ひら》いていただきたく」

「どれだけ下手に出てるんだよ。後輩に」

うるさい敗残者め、引っ込んでろ。

負け犬の意見は聞かん。

「トロンプ・ルイユ」

と。

もちろん無視されて傷つくことを覚悟の上でわたしは質問したのだったが、天才児くんが、まさかの返答をくれた――絵のほうを向いたまま、わたしに一瞥《いちべつ》もくれなかったが、それでも返答は返答だ。

お声を聞けるなんて！

「の、逆だ。まゆ。俺の勘ではお前の視力の使いどころはこの部屋じゃあない。とっておけ」

結構喋ったな。出し抜けに情報量が多くて、処理しきれない――いや、使わないよ？　わたしの視力は。リーダーから禁止されたんだから……、わたし、そんな反抗的な天邪鬼《あまのじゃく》だと思われてる？

とっておけと言われても、それこそとっておきの『天才児くんからの一言』を、こんな序盤で使ってしまうつもりは、わたしはなかったんだけれど……、まあ、ジョーカーを切ってしまったからには仕方ない。

後戻りはできない。

後輩からの『まゆ』呼ばわりと『お前』呼ばわりは一旦《いったん》見逃すとして……、なんだっけ？『トロンプ・ルイユ』？　どこかで聞いたことがあるような、ないような……、しかも、『の、逆』とは？

「いわゆる『だまし絵』ですね」

そこからは先輩くんが引き継いだ。

この人は誰の推理でも横取りするのか……、もしかしてスピーチ力ではなく、こうやって彼は生徒会長の座を射止めたのか。射止めた今もなおも貪欲に手柄を横取りし続けるなんて、どれだけ出世するつもりなのだ、まさか指輪財団を乗っ取る気なのか？　いい声でなければとても許されない所業――しかしなるほど、言われればぴんと来るフランス語である。

「ミチルくんは、絵自体に謎かけはないと言っていましたが、しかしどうやら――その絵自体が、答だったと言って差し支えないようです」

そう言って先輩くんは、天才児くんが当初から眺めていた巨大な絵画へと手を伸ばす――額縁に、ではなく、写実的に描かれている密室内の、その扉へと。

7　『心理学の密室』・解決編

密室が描かれているということは、即ち扉が描かれているということである――閉ざされた扉が、一面に敷き詰められたどの絵画においても描かれている。死体がなければ密室ではないのなら、扉がなくても密室ではない。

わたしのような者でも言われたら思い至ったくらいの知識なのでその必要はないかもしれないけれど、トロンプ・ルイユ（だまし絵）について、念のために説明しておくと、それは本物に見せかけた絵画のことだ。

本物と見まごうばかりの絵画、と言ってもいいかもしれないが、この場合、芸術性よりも見手を騙《だま》すことそのものに主眼が置かれている——平坦《へいたん》な壁に扉の絵を描いておいて、そこから出ようとした者ががつんと頭をぶつけるという、コントみたいな場面をイメージしていただくとわかりやすい。

本棚があると思ったらただの壁だったり、なぜこんなところに恐竜がと思ったらただの壁だったり——陰影のつけかたに独自の技術が用いられ、審美眼ならぬ目の錯覚を利用する傾向もあり、普通に絵を描くのとは、まったく異なる。

目の錯覚。

あるいは——心理学。

思い込みや先入観、または盲点を利用する。

額縁で言えば、その額縁も絵の一部だったと言うようなトロンプ・ルイユも知られているけれど、先輩くんが先に触れて確認していたので、『心理学の密室』に敷き詰められた絵画が、トロンプ・ルイユであるということではない。むしろ天才児くんが喝破し、先輩くんが横取りしたように、真実は『の、逆』なのだった——つまり、『本物に見せかけた絵』ではなく、『絵に見せかけた本物』である。

トロンプ・ルイユならぬ、ルイユ・トロンプだ——ごめん、フランス語はわからない。ユイル・プンロトと言えばまだよかった。

今回は、美少年探偵団のスポークスマン、ないしは『すかさず手柄横取り係』が、滔々《とうとう》と演説するまでもなかった——天才児くんが見ていた大絵画、その密室の扉の取っ手に触れて、室内側へと引くだけで一目瞭然《いちもくりょうぜん》だった。

密室の絵画でありながら。

何の施錠もされていない扉だった。

額縁は不動でも——絵画は開いた、抜け穴のように。

「これはこれは！　まるで絵の中に這入るがごときファンタジーだねえ！　なんとも美しい思想じゃないか！」

リーダーはそうはしゃいだけれど、正直、殺人現場の絵画の中になんて這入りたくない……、ダークファンタジーじゃないか。だったらもっと、いい感じの宮殿を描いた絵の中とかに這入りたいよ。

よりにもよってその巨大な絵の密室は、廃屋みたいな部屋だった——だからこそ陰影に騙されて、三次元ではない二次元だと解釈してしまったわけだが。

一応、手分けして全数調査をしてみるに、他の絵画の密室の扉も、すべて開閉可能——なんてことはなかった。飾られているすべての絵画の中で、『ユイル・プンロト』は、実物大のこの扉だけらしい。

木を隠すなら森の中。

先述の通り、位置的には、実際にスペアキーで開けて這入ってきた扉のすぐ隣に配置されているわけで、常識のある建築家ならば、こんな位置に非常口は設置しない。何の意味もない。

必然性が皆無の、まさに『密室のための密室』である——『扉のための扉』で、『抜け穴のための抜け穴』。ちなみに、ショートケーキ館の外から見るとこの非常口、作品説明の看板に隠される場所に開《ひら》けていた。ただし、外側にはノブも取っ手もついていなかったので、内側からの一方通行の、極めて不便なエマージェンシールートである。

「忍者屋敷《やしき》みたいだよね、こうなると。アトラクションとしては面白いけども、こんな密室、現代警察の捜査に堪えられるものじゃないでしょ。うう、警察……」

警察に強めの苦手意識を持つ生足くんが、震えながらそんなことを言った——いったい、誘拐されたときに何があったんだ。

警官＝犯人の事件だったのだろうか。

『仲間のトラウマ創作係』のわたしの想像力を超えてくる。

さておき、それは第一の密室『力学の密室』に関しても同じだろう。現場検証をおこなえば、ノブの内部に流れ込んだ、溶けた砂糖が発見されるはずだ。完全犯罪とは言いにくい。

「仕方ないのかも。大紬氏は建築家であって、捜査関係者じゃないんだし……、ああ、でも、それを言い出したら、大抵の密室は、現代警察の捜査には堪えられないわよね」

推理小説は推理小説だ。

最新の科学捜査の前に、大抵の密室は無力である……、この展示場で立体化された342の密室の、そのほとんどすべてが、『密室のための密室』であるはずだ。密室を作るなんて、手がかりを増やすような行為なのである。

例外はない。

ミステリー作家も千差万別だろうが、作劇上のどうしようもない都合で嫌々、または知らず知らずに密室を描いた作者はいないだろう。密室殺人事件は、密室を書くことが目的で起こされる——その理屈には、抜け穴も抜け道もないのだ。

「建築するときはそうだったかもしれねーけど、忘れちゃいねーだろうな？　瞳島。大紬氏の今現在の目的は、『密室で死ぬこと』だぜ――『密室の中の密室で死ぬこと』だ。俺達はその目的を妨げに来たんだ」

「忘れちゃいないわよ、失礼な。なんたってわたしは他人の目的を妨げるのが一番得意なんだから」

「そんな恐ろしい奴が俺達のメンバーなのか……、美少年探偵団はなんて奴を仲間にしてしまったんだ」

目的ではなく、夢とも言える。

還暦を超えてまだ夢があることはお追従でなく素晴らしいと思うけれど、しかし十四歳の誕生日にわたしがそうしたように、大紬氏にも諦《あきら》めてもらおう。

夢を見ることは美しい。

しかし夢を諦めることもまた同様に美しい――

8『生物学の密室』

ペースをあげて行こう、意外と時間を食っている――調子よくショートケーキ館の検分を進めているようでいて、実はまだ半分も来ていない。道半《なか》ばどころか、導入のチュートリアルである。

千里の道も一歩からの、まだ一歩目にいると考えよう。

建築家・大紬海兵による密室の五分類の三番目、『生物学の密室』――『力学の密室』や『心理学の密室』は、どこか漠然としていたし、それを言い出したら力学の働いていない密室も心理学の働いていない密室もなかろうが、『生物学』となれば、その範囲は極めて限定的に絞られている。

なので、前室が美術館の一室みたいだったから、今度は動物園の檻《おり》をモチーフにしたような部屋なのかな？　ミステリーと動物というのは、なんだかんだで結構相性がいいところがある、今や動物が語り部の小説でさえ珍しくないのだから……、と想像していたけれど、かすってはいつつも、正反対だった。

第三の部屋は水族館だった。

扇形の部屋に所狭しと、大小さまざまな形状の水槽が積み上げられている――もちろん中には、様々な種類の生きた魚が泳いでいた。わたしがわかるだけでも、タイやヒラメ、ウナギ、カジキ、アンコウにオジサン、カレイにヒラメ、スズキにフナ、マグロ、アジ、イワシ、ウツボ、ハモ、ピラニア、サメ――名前は知らないが、色合いのカラフルな熱帯魚も。魚のみならず、ラッコやカワウソ、ワニにペンギン、蟹《かに》や海老《えび》と言った甲殻類まで展示されているのだからまずまず本格的だ――スペースが許せば、イルカやシャチ、クジラまでもが展示されていたんじゃないかと思わせる凝《こ》りに凝ったアクアリウムだった。

小さなところではメダカや金魚も遊泳している。

うーむ、ただ、この水族館、擁している種類は多いけれど、マニアが網羅《もうら》的に蒐集《しゅうしゅう》したコレクションルームと言うよりは、『知っている水棲《すいせい》動物をできる限り集めた』みたいな印象は否めない――『世界でここにしか展示されていない魚』は望むべくもない。わかりやすい魚しかいないという時点で、水族館としてはかなりしょぼい。

先程の絵画教室における病的な密室へのこだわりとは、対照的とも言える――それが『心理学』と『生物学』の違いなのかな?

「規模がでけえ寿司《すし》屋の生簀《いけす》みてーだな、なんか」

不良くんが『美食のミチル』らしいことを言う――握ってもらおうか、寿司を十貫。

しかし生簀という表現には瑕疵《かし》があった――うずたかく立ち並ぶ水槽の中のひとつは、少なくとも『生簀』ではなかったからだ。

大きめの水槽に。

動かぬ蠟人形が沈んでいた――水族館の給餌《きゅうじ》担当のように、ダイバースーツを着た

『彼』は、水槽の内側から、こびりついた藻を削り取るようにして、ダイイングメッセージを遺していた。

『毒殺』と。

シュノーケルやゴーグルは半ば外れていて、露出した顔面には水中でかなりもがき苦しんだような色づけをされているが、そんな『死の間際』にかろうじて遺した、死者からの伝言である。

「――フグもいましたよね、そっちの水槽に」

先輩くんが、まずは探りを入れるようにそう切り出す――確かに、魚で毒と言えば、まず思いつくのはテトロドトキシンである。水槽の中でフグの素人料理でも食べたのだろうか、このダイバーは……。

「あっちのカモノハシかもしれないよ？　カモノハシも可愛い顔して毒持ちでしょ、確か」

と、生足くん。

意外な博識だが、可愛い顔して毒持ち同士、通じるものがあるのかもしれない――ともあれ、水族館で毒だからフグという決めつけは、勇み足である。毒のある海や河川の生き物なんて、いくらでもいるわけで……、ただ、『密室』の他に『毒』の種類も特定しなくちゃいけないというわけでは、これはないのだろう。

問題が二問用意されているわけではない。

前室、前々室のそれとは違って、おそらくこの蠟人形の独特の死因は、密室の鍵に直結している――ナイフを刺したり首に紐を巻いたりして、部屋の中央に寝転がしておくのでは、『生物学の密室』の趣旨に反するのだと思われる。

いわば露骨な手がかりなのだ。

「少なくともこれまでのところ、ショートケーキ館の密室は、絶望的な難易度で参加者のやる気を削いでは来てないわよね？　その気になればわたしでも解けていたレベルの密室だわ」

「『その気になればわたしでも解けていた』」

わたしの言葉を繰り返すだけの突っ込みはやめてください、先輩くん。

声帯模写《もしゃ》で聞く自分の声は、聞くに堪えない。

わたしに解けていたかどうかはともかく、複雑時計のような複雑さとは無縁だったことは間違いない――ミスディレクションやミスリードと言った、引っかけの要素も皆無だった。

極端な話、難易度を上げたければ、シュガーポットに砂糖は、別に入れていてもよかった。

たし、壁に敷き詰められた絵画にしたって、密室の絵じゃなく他の絵で揃えても、隠し扉は扉の絵じゃなくてもよかった――『素描のフルーツを剝《む》けば外部に通じていた』だって、それはそれでファンタジーだった。ややシュールだが、『隠し扉』という主題には、そちらのほうが適している。

なのにわざわざ気付きのきっかけを用意したのは、解かれることが前提のミステリーであり、開かれることが終着の密室だからだ。意味もなく『毒殺』の謎をからめて、不要に難しくすることは、建築家はしないはずだ――付け加えて、これが少年漫画なら、五つの密室は、クリアするたびに難易度が上がっていくものだろうが、あくまで五つの密室は、インフレーションすることのない、平等なカテゴライズである。

つまり『生物学の密室』が、『力学の密室』や『心理学の密室』よりも、とっつきにくいということはないはず――『その気になればわたしでも解ける』はずだ。視力を封じられているとは言え、わたしもそろそろいいところを見せないと、メンバーから脱落するおそれもある。美少年探偵団(仮団員)みたいなものなのだから。

「『生物学の密室』って言うくらいだから、てっきり動物トリックを使ってくるんだろうと思っていたけれど、水棲生物じゃそれは難しいかしら……、いまだ水中に留まっているってことは、進化の足りない下等生物ってことだもんね」

「とんでもない差別意識が露呈してるぞ、瞳島」

下等生物を調理しようとしていた男に窘《たしな》められようとは……、でも、たとえばここが猫カフェだったりしたら、話は変わってくると思うのだ。室内飼いの猫ちゃんが、飼い主のいぬ間に勝手に扉や引き出しを開けたり閉めたりするっていうのは、あるあるエピソードである。

「開けるというのはよく聞きますが、閉めるというのはどうでしょうか。私は寡聞にして聞いた事がありませんが」

お、出世欲に目の眩《くら》んだ副団長がわたしの手柄を横取りに来たかな？

代案もなく駄目出ししやがって。

「開けられるんだから閉められるでしょ。この部屋の鍵だって……」

と、わたしはスペアキーで這入ってきた扉を振り返る。

「……わかりやすいサムターン錠だし。猫ちゃんなら、ジャンプして猫パンチで閉められそう。犯人は餌付《えづ》けした猫を凶器に使ったのよ。猫が毒を持っているかどうかはしらないけども」

「持ってないでしょ」

猫のようにしなやかな美脚の持ち主がそう断言するのだから、まあ持っていないのだろうし、そもそもこの密室は猫カフェではない。

強《し》いて言うなら、猫の餌《えさ》ルームだ。

「実際には猫はそんなに魚が好きなわけじゃないと言いますね。たまたま日本が魚を食べる文化だったから、一緒に魚を食べるようになっただけで、海外の猫はそこまで魚を好まないのだとか」

わたしの軽口にまで駄目出しをされてもね。

わたしの監査か、この美声は。

「最初は口に合わなくて吐《は》き出《だ》していたけれど、今となっては不良くんの手料理をばくばく食べられるようになった、わたしみたいなものね」

「吐き出していた頃のほうがまだ可愛げがあったな、お前は」

監査だらけだ、わたしの周りは。

こうもマイナス評価ばかりなら、推理なんてしないほうがよかった。

リーダーや天才児くんはまだしも、この分じゃ生足くんからも駄目出しがあるんじゃないかと身構えたが、美脚はスクワットをするように、あちこちの水槽を見回っていた——

楽しんでいますなあ、大密室展を。

それとも実はアクアリウム好き？

「違うよ。人魚を探してるんだ」

「に、人魚?」

「ほら、人魚だったら上半身が人間だから、つまり腕があるじゃない。手指があるならサムターン錠を回転させることくらい、お手の物ってことで」

どこまで本気で言っているのか、ファンタジーなことを……、しかしその愛くるしいフェイスで夢みたいなことを言われると、「んなわけないでしょ!」と否定しにくい。

「そうだよな。他人の夢を潰すことを生業《なりわい》とする瞳島でも、否定できないことはあるよな」

「わたしの評判が加速度的に悪くなってる」

もちろん人魚はいなかった。

生物学上何にも分類されない幻想生物が、この密室にいるわけがない——生足くんは「もしかしたらと思ったんだけどなー」と、落胆の色を隠さない。

「そんなに残念がること?」

「うん。お目に掛かりたかった。人魚と言えば、セクシーなおねーさんだからね」

きみのファンタジーが残念だよ。

そんな存在が水槽で飼われていたら、悪趣味と言うか、悪い意味での密室である——殺人事件が起きている以上、いい意味での密室なんて存在しないだろうが。

「わかるよ、ヒョータ。僕もいつかはお目に掛かりたいものだ、人魚の美しさには」

同じことを言っているようでいて、ぜんぜん違うな、生足くんとリーダーとでは――リーダーは小五郎《こごろう》（小学五年生）なので、美しさは解しても、セクシーさに関しては無垢《むく》なのかもしれない。

いや、待て、人魚のモデルとなる生物なら、実在しなくもなかったな？

モデルと言うか……、人魚に見間違えられた水棲生物が――

「ほら、えっと――呪《のろ》いの言葉みたいな生き物――」

「ジュゴンだろ。なんて覚えかたをしているんだよ、お前は」

そうそう、ジュゴン。

見間違えられたということは、人魚という概念は先行してあったわけだから、モデルとは言えないのだろう。肉感的なフォルムの水棲生物なので、生足くんがいうセクシーさとはだいぶ違うイメージだが、セクシーの概念も、時代によりけりである――あの海獣は、哺乳類《ほにゅうるい》だよね？

ならば下等生物よりは餌付けしやすいのでは？　それこそ水族館のショーで、アシカやセイウチと言った海獣は芸を披露するわけだし……、動物トリックの凶器になりうるのでは？

「ええ。ですが、伝説上の人魚と違い、あるのは手ではなくひれですね——サムターン錠を回せるかと言えば、難しいでしょう」

どころか、ひれのサイズ的には、ドアごと壊してしまいそうだ——第一、この『生物学の密室』に、人魚やセクシーなおねーさん同様、ジュゴンはいなかったし、アシカもセイウチもいなかった。

マナティもいない。

メガサイズ海獣はお世話が大変だからかな？

「食べる餌の量も半端《はんぱ》じゃねーしな。この部屋にいる魚なんて、一日で食っちまうだろうぜ」

不良くんが調理してくれるのなら、わたしだってこの部屋にいる魚なんて、一日で食べちゃいそうだけど——滑車とか歯車とかを利用して、釣りのテグスを針でマグロに引っかけて、一直線に遊泳させれば、サムターン錠くらい回せないかな？　いやいや駄目だ、その机上の空論じゃあ『力学の密室』になってしまう——どちらかと言えば、砂糖でノブをがちがちに固めるよりも、よっぽど力学っぽい。

だから、あくまでここに飼われている生き物だけでできることを考えないと——猫や海獣や人魚やおねーさんなど、ここにいない生き物でもなく——

「あ」

「ん？　なんだい、眉美くん。その『あ』は、何かに気付いたときの『あ』かい？」

何かに気付いたときの『あ』だ。

わたしは吟味していた水槽から目を離し、生足くんを振り返って見た——細かく言うと、生足くんの美脚を見た。

舐めるように見た。

「なぜボクの足を舐めるように……、ミチルにされたことを、ボクにやり返さないでよ。美食の仇《あだ》を美脚で討たないでよ」

「生足くん。人魚がいないかって探していたのは、腕があるからよね？」

「いや、セクシーだから……」

「人魚には手指があって、サムターン錠を回せるからだよね？」

ごり押しする。

ここに来て話が逸《そ》れるのは好ましくない。

「それって足でも構わなくない？」

「足で？　そりゃ、サムターン錠くらいだったら、多少器用なら足でも回せるだろうけど

――ボクでも余裕でできるよ、はしたなくも。でも、それじゃあ半魚人になっちゃう――さしものボクも、半魚人にセクシーさを感じるほど、成熟していないよ」

人魚と半魚人の生物学上の違いはさておくとして――しかし、別に幻想生物をあてにしなくても、水棲生物でも、足のある生き物は存在する。蟹や海老がそうだし、ラッコやカワウソ、カモノハシもそうだし、そしてここにいない生き物ということで言えば――

「そうか！　凶器はヤドクガエルのオタマジャクシか！」

団長が手を打ったが、そうじゃない。

強いて言うなら凶器は――美脚である、それもセクシーな。

9　『生物学の密室』・解決編

もちろん蠟人形のダイバーを殺した犯人が誰あろう、生足くんであると言うような解決編ではない――むしろ彼は功労者だ。名目上、わたしが第三の密室の謎を解いたと言えなくもないけれど、副団長を反面教師に、後輩の手柄を奪うような真似は控《ひか》えよう。

手柄ならぬ足柄《あしがら》か。

団長の指摘した通り、ヤドクガエルのオタマジャクシも、確かに部屋の水槽内にはいなかったので、わたしの論理的帰結の演繹《えんえき》推理もややブレているのだけれど、これだけわかりやすい水棲生物ばかりを集めたアクアリウムにもかかわらず、いて当然の生物がいない。いて当然の、足のある水棲生物が――寿司ネタとしても極めてメジャーどころである。

タコだ。

魚ではないけれど、英語ではデビルフィッシュと言う――そして言うまでもなく、八本の足を有している。軟体動物ゆえの艶《なま》めかしさは、セクシーと評しても差し支えなかろう――半魚人や、現代的感覚からすれば、あるいはジュゴンよりもセクシーである。

美しいと言ってもいい。

美しいからどうしたと思われるかもしれないが、わたし達にとって、それ以上の重要事項はない……、そしてタコと言うのは、あれで結構知能の高い生物なのである――八本の足を制御するため、複数の脳を持つなんて話もあるし。

瓶《びん》の蓋くらいなら、制御されたその足で、器用に簡単に開けてしまうと言う。

「瓶の蓋が開けられるんだから、サムターン回しもできるだろうって？　そりゃ、猫よりはできるだろうが――」

タコを食材として見ている不良くんは、難色を示した。

「――『毒殺』のほうはどうなるんだ？　タコに毒なんかねーだろ。フグを捌《さば》いたこともあるこの俺だが、タコを茹《ゆ》でるときにあんな苦労をした憶《おぼ》えはねーぞ」

期せずして身内の食品衛生法違反が明らかになってしまったが、ここは『美観のマユミ』として見逃そう。

それはタコにもよる。

一般的な食用のタコには、もちろん毒はない。一方で、テトロドトキシンと言えば、そりゃあフグだけれど、同じ毒を体内に有するタコもいるのだ――ヤドクガエルほど有名じゃないが、ヒョウモンダコがそれである。

「なるほど！　だから眉美ちゃんはボクの足に着目したんだね。ほら、ボクの名前が足利飆太《あしかがひょうた》だから――」

「え？　足は見たいから見ただけだけど……、生足くんの名前って足利飆太だっけ？」

生足くんは生足くんだと思っていた。

まあ、『美脚のヒョータ』ならぬ『美脚のヒョウモンダコ』だと言っておこう……。

「しかし瞳島さん、ヒョウモンダコは、このアクアリウムの中で飼育はされていないようですよ？　人魚や怪獣と同じく」

「いなくて当然です。密室殺人事件の凶器なんだから、証拠隠滅されているに決まってるじゃありませんか」

「なるほど。では、どこに？」

さあ、どこでしょう、と、とぼけるわたし。

生足くんにならともかく、この広報に足柄を横取りさせるつもりはない。

「タコって擬態能力もあるんでしょ？　忍者みたいに、どこかで何かにカムフラージュしてるってこと？　とことん忍者屋敷だね」

海の忍者と呼ばれるのは同じ軟体動物でもイカだった気もするし、まあ別にそれでもいいのだけれど、わたしが推理するに……。

「マリネにして食っちまったとかか？」

寿司でもマリネでも構わないのだが、たぶん、そんなようなものである——わたしは水槽内に沈む、ダイバーの『毒殺死体』を指さした。別に透視したわけじゃないけれど——生簀。

生贄《いけにえ》という漢字にも似ている。

「きっと凶器はその蠟製の蛸壺の中に隠されてるんじゃないかしら——隠すまでもなく、調教するまでもなく、その性質上、勝手に隠れた。検死で解剖されたら明らかになるはずよ」

10　休憩——

　展示物の一部である蠟人形を、そうは言っても勝手に解剖するわけにはいかないので、答え合わせをすることなく、わたし達は『生物学の密室』をあとにして、四番目の密室に向かう——いささかの消化不良感はあるものの、タコを丸呑みしたわけでもあるまいし、実際のところ、それぞれの密室で百点満点を取る必要があるのかと言えば、そんな必要はないのだ。

　概算でいい。

　緻密《ちみつ》で論理的な検算はちっとも求められておらず、むしろ杜撰《ずさん》でいい——俯瞰《ふかん》すれば、本筋は密室殺人事件ではなく、建築家の失踪事件なのだから。

　繰り返しになるけれど、わたし達は決してショートケーキ館を小説化する権利を求めてはいない……、しかしながら、だからこそ、たとえ密室の正解らしきものをざっくりと言い当てられたとしても、膝《ひざ》を打つような達成感とは無縁だった。

　どころか、膝を撃たれたような状況で、ここに来て焦燥感に駆られた。

　五分の三までステージを進めておきながら、いまだ建築家・大紬氏の行方不明に関するヒントは、何ひとつ得られていないのだから――空っぽのシュガーポットのような、絵画に描かれた密室の扉のような、これみよがしに頭足類だけが飼われていないアクアリウムのような、正解への案内板よろしくの手がかりが、これまでのどの扇形にも見当たらない。

ミステリー的に期待していたのは、たとえば失踪する直前に仕上げた建築物に、暗号めいた手記が隠されていることだったのだが、そういう意味ではこれまでの各部屋には、必要最低限のしつらえしかなかった――部屋で暮らすに必要最低限という意味ではなく（その意味では、どの部屋も、暮らすどころか、長時間滞在することさえ難しい）、密室を形成するための要素しか準備されていない。

『密室のための密室』……。

もしかしてわたし達は、そして依頼人である大紬麦ちゃんは、とんでもなく的外れな方向に駒《こま》を進めていないだろうか？　おじいちゃんを想《おも》う麦ちゃんを相手にしなかった大人達のほうが、実は普通に正しかったのでは？

例の『密室の中の密室で死にたい』なんて言葉は、結局のところ、燃え尽き症候群から出た、言いかたは悪いけれども単なる世迷《よま》い言《ごと》であって、それと彼との失踪とを短絡的に結びつけてはいけなかったんじゃないのか？　このままでは美少年探偵団は、アトラクションを楽しみに来ただけの連中になってしまう――無邪気もときには悪くはないが、しかしそれはさすがにいかがなものだろう。

「これまでのところ、証明できたのは大紬氏の、密室に対する行き過ぎた愛情のみですね――あるいはこのショートケーキ館こそがミスリードなのかもしれません」

だとすれば、むしろ密室探訪はここで切り上げて、別方向へと舵《かじ》を切るのが正着手であろう――少なくとも後半戦はアプローチを変えるべきというのが日本を代表する常識人であるわたしの意見だったが、しかし美少年探偵団の団長の判断は違った。

「こんな中途半端《ちゅうとはんぱ》で冒険を終えるのは美しくないね！　どうあれこの館が大紬氏の最後の力作であることに違いないのだから、やり切らなければ失礼というものだ！　安心したまえ、僕は大紬氏の作品も諸君の活躍も楽しんでいるよ！」

そろそろあなたも活躍したほうがいいと思うのだが――リーダーがそういうのならば、異論が出るはずもないのが美少年探偵団である。個性と多様性が溢《あふ》れている割に、完全なるトップダウン型の組織だ。むしろここを先途と撤退案を出したわたしが悪者みたいな空気になってしまったが、まあよかろう。

ここで退却して、残るふたつの密室にヒントが残されている確率が極端に低いわけではないのだし、他の線を探ると言っても、大密室展の他に心当たりがあるわけでもない。どうせこのまま続けたところで身の危険があるわけじゃないのだし——と、たかをくっていたのが悪かった。

極悪だった。

考えてみれば、わたし達は今、会場前のアトラクションを関係者パスで、試験体験しているようなもので、いわばテストパイロットなのだということを、すっかり失念していた。

リスクがあるからテストをするのだ。

建築基準法を無視して建てられた建造物に実際に這入るということが、何を意味しているかを、わたしは一切考慮していなかった——建築基準法違反の館なんて、言ってしまえば単なる欠陥住宅だと言うのに、そこに思い至らず、なぜかアトラクション参加者の安全は確保されていることを前提にしてしまっていたのである。

つくづく思い込みとは恐ろしい。

土台、密室殺人事件が起こるような場所が、安全なはずがないのに——では、休憩を終えて、わたし達がいったいどのように絶体絶命のピンチに陥《おちい》ったのかを、次段より説明しよう。

わたし達が失踪してしまうところだった、この世から。

11 『音楽の密室』

文学、数学、科学、社会学、哲学など、多種多様な教育がある中で、唯一『音楽』だけは、『学ぶ』ではなく『楽しむ』と書く——なんてよく言われるけれど、対して、

「まあでも、音楽もちゃんと身につけようと思ったら、音楽学校とかに通わなきゃいけないしね」

と、返してしまうわたしは、それはそれは大層なひねくれ者である——しかし、ひたすら楽しんでいるだけでは習得できないのも、音楽の厳しさだ。ミステリーと音楽と言うのも切り離せない要素であり、名探偵は何かと楽器が得意なイメージもある。

で、ショートケーキ館、四番目の密室であるところの『音楽の密室』がどのような部屋だったかと言うと、これまでの慣例に従って、壁一面に吊《つる》された大量の弦楽器、さながらヴァイオリン工房——ということはなかった。

同じなのは部屋の形だけで、その他は慣例化と言うか、パターン化を避けているようでもある。壁はいわゆる多孔性の防音壁で、強いて表現すれば、楽器演奏の収録スタジオのようだった。ミキサールームが併設されているわけでもないので、単に気密性の高い、防

音室と言うべきか……。

家具調度の少なさから見れば、間取りは同じでも、前室、前々室、前々々室よりもむしろ広く使えるくらいの部屋なのだが、しかし音の波が反響しない作りだからか、妙な閉塞《へいそく》感があって、息苦しい――絵画や水槽に囲まれていた部屋よりも、よっぽど圧迫感がある。

ここで何をしろと言うのか？

スタジオや防音室みたいとは言ったものの、楽器もないし、マイクスタンドがあるわけでもない……、美少年探偵団バンド編が始まりそうな気配と同じくらいにない。あるのは、部屋の中央でうつ伏せにされている、蠟人形だけである。

さながら連続殺人だ。

ステージ衣装の女性型の蠟人形で、彼女も前室のダイバー同様に、ダイイングメッセージを残していた――『窒息死』と。

ダイイングメッセージの残しかたがややえぐく、伸ばした爪《つめ》で腕を引《ひ》っ掻《か》いて記している……、手持ちの筆記具がなかったのだろうが、だとすれば『窒息』は平仮名で書いてもよかったんじゃないかと思う。

しかし、『窒息死』とは……、どうもしっくりこない。『生物学』と『毒殺』は、すぐにテトロドトキシンを連想できたように、なんというか相性のいいワード同士ではあったけれど、『音楽』と『窒息』は、てんでバラバラの要素だ。まさかラッパを強く吹き過ぎて息をするのを忘れたという死因ではあるまいに。

そんな密室殺人事件があってたまるか。

わたしの読みでは、これまでの傾向からして、各部屋の難易度は揃えられているはずなのだが、いきなりつるんつるんにとっかかりがなくなった感じだった——ティールームでも絵画教室でもアクアリウムでもない防音室と言うのは、描写に困る部屋である。

音楽室と言うよりは、マッドサイエンティストの変な科学実験室みたい……、工房と言うより、ラボのような——ああ、いや、『音楽の密室』らしいところが、そう言えばあった。あれを見落とすなんて、『美観のマユミ』でなくともどうかしていた。言い訳はしたくないが、なにせあまりに冒頭だったから——

「そうですね、瞳島さん。この『音楽の密室』を構成するもっとも大切な要素——密室を密室たらしめる『鍵』が、これまでの部屋とはまったく意匠を別とする最新型だったことを私達は忘れてはいけません。この防音室は、音声認識によって密閉される仕組みだったのですから」

「!?」

ぎょっとして振り返ってしまった。

誰が喋ったのかわからなかったからだ――むろん、視認するまでもなく、『私』なんて一人称を使う男子中学生が他にいるわけもないのだから（『わたし』という一人称を使う男装中学生ならいる）、扉の音声認識に関して思い出させてくれたのは、『美声のナガヒロ』に決まっている。

扉の脇に設置されたマイクロフォンに、あらかじめ伝えられていた合言葉を入力し、解錠したのも彼なのだから――音声認識というシステム自体に、驚いたわけではない。今時そんな機能は、携帯電話にだって標準で備わっている、ごく当たり前の最新テクノロジーだ。

しかし、にもかかわらず、わたしは身体ごと振り向いて視認せずにはいられなかった――『美声のナガヒロ』から発されたその声が『美声』ではなかったから。

甲高《かんだか》い、鶏《にわとり》を締め上げたような声だった――窒息寸前の鶏のような。

「ええっ⁉　先輩くんの声が美声じゃなくなるなんて――それじゃあ先輩くんのいいところがひとつもなくなるってことじゃない！　さよなら！」

「たとえ俺達が許しても、いつか誰かに殺されるぞ、お前は」

宿命のライバルを庇《かば》うような発言をする不良くん――の、その声も、普段のドスが利いた、周囲を震え上がらせるようなそれではなくなっていた。オクターブがめちゃくちゃに上がっている——と言うより、調律が狂っているような。

「ああ、自分でもわかるよ。そしてお前の声も滅茶苦茶《めちゃくちゃ》だ」

「そんな——合唱コンクールで歌姫の異名を取ったこのわたしの声が⁉」

先輩くんの美点が失われたことに、忠誠心あふれる後輩として心から狼狽《ろうばい》してしまっていたが、気を落ち着けてみれば、確かにわたしの声も変質していた——驚きのあまり、突っ込みが裏返ってしまったわけではなかった。

ちなみに歌姫のくだりは嘘《うそ》だ。

「眉美ちゃん、ボクの声はどう？　どうなってる？」

元々声変わりしていない生足くんの変化はややわかりにくかったが、やはり奇妙な音程になっている——壁で音が跳ね返ってこないからというだけでは、この現象の説明はつかない。

同じく声変わりをしていない一年生の天才児くんは——無言だから、変化も何もあったものじゃない。まさかこの展開を見越して、『心理学の密室』で、先んじてノルマを果たしていたのか、こやつは。

そして声変わりしていないと言えば、喉仏《のどぼとけ》のかけらもない、違和感なく女装ができる我らがリーダーだが――

「はははははははははははははははははははははははははははははははは
はははははははははははははははははははははははははははははははははは
はは！」

――大爆笑していた。

　そりゃまあ面白いだろうよ、仲間の声がみんな素っ頓狂な音程に変わっていたら……、小学五年生のツボにはまりやすい、わかりやすい笑いではあった。

　だが、笑ってばかりもいられない。リーダーの思わぬ大喜びに、ほっこりしている場合ではない。その笑い声さえも、反響していないのにハウリングしているような、違和感のある音に変換されている以上は――

「……えーっと、こういうパーティーグッズがあったわよね？　パーティーガールのわたしだから知っている知識だけど」

　パーティーガールも嘘だ。

　これはすぐ訂正しておかないと、嘘だってわからないかもしれないからね。

「甲高い声でボケられると苛々《いらいら》が倍増するぜ」

「甲高い声で突っ込まれても怖くもなんともないけど、普段からわたしに苛々はしているんだ……」

　怖くはないが、地味に傷つく。

　ともあれ、パーティーグッズだ……、アスリートが使う酸素ボンベみたいなスプレー缶を口に当てて噴射すれば、一定期間、変声期を迎えるという面白アイテムである。使ったことはないが知っている。

　だが、別に『音楽の密室』に入室するにあたって、わたし達はスプレー缶で、面白アイテムの面白ガスを吸入した憶えはない――と、言うことは。

「こ、こ、こ、こ、この防音室内の空気すべてが……、面白ガス？」

　ならば――面白くは――ない。

　血の気が引くという意味で、顔面が真っ白になってしまう。

　声は今も面白いかもしれないけれど――部屋の中央に倒れている蠟人形が、自分の腕を引っ掻いて残したダイイングメッセージ、『窒息死』とのマリアージュが、最低最悪である。

　息苦しさを感じるほどの気密性。

　圧迫感のある密室。

「安心してください、たとえこの部屋の空気がすべて変声ガスで満たされていたところで、別に毒ガスというわけではありません——一般的に変声ガスは、酸素とヘリウムで構成されています」

「へ、ヘリウム？　だったら爆発しちゃわない⁉」

いつもならば、先輩くんのいい声で安心を促《うなが》されれば、f分の1のゆらぎでリラックスできるシーンなのだが、残念ながらそんな調子っ外れな声で言われても、むしろ動揺が促される。

「爆発するのはヘリウムじゃなくて酸素と水素の混合物の場合だろ。ヘリウムは燃えないはずだぜ」

確かに、そんな危険な元素をパーティーグッズに採用するはずがないか……、不良くんめ、なにげにA組の知力を見せつけやがって。周期表でたった一個違いでしょ、水素とヘリウムなんて。

「いや瞳島、たった一個でも、水素とヘリウムは周期表の左端《ひだりはし》と右端《みぎはし》で……」

「それよりも、なんでヘリウムで呼吸をしたら声が変わるのかを教えてくれる？」

「通常の空気と比べて、ヘリウムは音を速く伝えるからだよ。わかりやすく言うと、音が音速を超える。だから同じトーンで喋っても、音が高くなるってわけ」

生足くんまでがA組の素養を……、それとも、陸上部のエースゆえに、『速さ』に関しては一家言あるというわけだろうか。

音が音速を超える。音……、音楽。

『音楽の密室』。

しかし、楽しんでいるのはリーダーだけだ――だって、と、わたしは部屋の扉を振り返る。わたし達が這入ってきた扉だが――既に閉じられている、この密室は、最新式のオートロックだから。

そういうシステムだ。

そして外側にあったのと同じ音声認識のマイクロフォンが、内側でも扉の脇に設置されていて――内側からも、音声認識でないと開かない仕組みだ。

這入ってきたときと同じ声で、合言葉を入力しなければ――同じ声で。

「……一応、ダメ元でやってみたらどうです？　先輩くん。音程が変わっても、声紋とかは案外一緒なのかもしれないし」

「ええ――物は試しです」

言って先輩くんは、マイクロフォンに近付いていき、この密室に這入ってきたときと同じ合言葉を、

「『密室の扉は誰にでも開かれている』」

と言った——先程はそれで自動ドアのようにスライドした扉は、しかしここでは微動だにしなかった。

不動ドアだ。

つまり——密室である。

「逆密室——って言うんだっけ？　こうやって、部屋の内側に閉じ込められたケースのことは——」

天真爛漫で知られるさすがの生足くんの口調も、やや緊迫する——口調が緊迫したところで、声は変わったままだ。

「——つまり、『窒息死』って言うのは、密室自体が凶器だってこと？　この気密性の高い防音室に閉じ込められて、ヘリウムと混合された内部の酸素を使い切って——タコが凶器なんて美しいどころか、可愛いもんだったね」

この部屋の『鍵』だった音声を、登録されたそれから化学的に変更する——そして内部に閉じ込める。餓死が早いか、窒息が早いか——酸素の混合量次第である。蠟人形の被害者は一名だけど、わたし達は六人での団体行動だから、酸素の消費量も格段に早い……、美少年探偵団が『団《チーム》』であることが、ここに来て裏目に出るなんて。

ここは『力学の密室』ではないからと言って油断していたわけではないが、改めてそういう目で見ると、防音扉は途轍《とてつ》もなく頑丈そうである——金庫のごときボルトで固定されてるんじゃないかとさえ思う。戸締まりにあたって、砂糖菓子で固める必要は感じない。たとえ破城槌があっても、この扉は壊せない気がする——勘のいい人なら、こんな扉を見た時点で、この部屋に這入ろうとは思うまい。

勘が悪いぜ、わたし達。

リズムで這入ってしまった。

さながら五分の四拍子《びょうし》のごとく。

「か、関係者パスで這入ってるんだから、わたし達がここにいることは、ちゃんと知られているんだよね？　このまま待ってたら助けが来るわよね？」

「いずれ助けは来るかもしれませんが、密室ゆえに施錠されていますから——そしてその鍵の持ち主は、この通り内側にいます」

鍵は内側で変形しています、と先輩くん。

変形。まさにだ。つまり、助けが来てもドアが開けられない？　いやいや、そういう非常時のために備えて、マスターコードとか、非常口とか——

「…………」

ないよな。

建築基準法違反――『密室のための密室』。

そして――欠陥住宅。

第一、外側からも内側からも同じ人物の音声認識でしか開かない扉なんて不自然極まる道具立て自体が、『密室のための密室』の構成要素でしかないのだった。殺人事件の凶器どころか、ただの処刑道具じゃないか、こんな密室。

「そもそも、助けが来るまで俺達は持つのか？　こんな声でも喋れているうちが花だぜ――いや、酸素の消費量を抑えるためには、いっそ喋らないほうがいいのか。物言わぬ肉塊になる前に」

だとすれば、天才児くんはこの部屋に這入ってから一貫して、正しい行動を取り続けていたということになる――密室で、密室に殺されないために。

追随せねば。

密室の中の密室で死にたくない。

12　『音楽の密室』・解決編

もしもこの『ショートケーキ館を小説化する権利』を、ちゃんとした小説家が獲得したならば、ここは密閉空間で限られた酸素を巡って、六人の仲間が醜《みにく》い諍《いさか》いを繰り広げる場面だろう——そういうのをうまいこと描写できればわたしも語り手として一個上のステージに登れるのだろうが、残念ながら、美少年探偵団の仲間割れなんて、たとえ演出でも描写したくない。パーティーガールや歌姫という嘘はつけてもだ。

醜い諍い？　美少年探偵団の理念に反すること著《いちじる》しい。

というわけで『音楽の密室』〜愛と裏切り編〜は何事もなかったかのようにスキップして、スムーズに解決編に移行する——にわかに危機感も高まった中、ひとしきり笑い終えた団長が、きょとんとした風に、もちろん甲高くなった音程で、こう言ったのだ。

「しかしみんな、いったい何を焦っているのだ？　こういうときこそナガヒロ、お前の声帯模写の出番だろうに。僕はお前の地声が一番好きだ」

「あ」

この『あ』は、何かに気付いたときの『あ』と言うより、その手があったかという意味の『あ』であり、もっと言えば、その手はありなの？　という意味の『あ』だった——声帯模写。『美声のナガヒロ』の特技のひとつで、それによって窮地を脱したことも数知れない……、『生物学の密室』において、わたしをからかうために使用されたのも記憶に新しい。

老若男女、どんな人物のどんな声音であろうと、そっくりそのまま再現できる、七色の声、いやさ無限の声の持ち主である——だが、しかしその発想はあまりにもなかった。

自分自身の声の再現——美声の再現。

ヘリウムによって強制的に加速させられた音声を、自律的に減速させる——それができれば、施錠された『音楽の密室』からの脱出がなる。

「理屈の上では可能でしょうが……」

しかし、当の本人は慎重だった。

「当たり前ですが、これまでやったことはありません。自分自身の声帯模写など——」

慎重と言うより自信がないのだろうか？　そう言えば、わたしだってそうだが、自分の声というのは、独自の響きかたをするものだ。いくら『美声のナガヒロ』がわたしの声を完璧に再現したところで、わたしだけは、その声を自分のものと認識しにくい。聞くに堪えないのである。

骨伝導だっけ……、音声が空気を経《へ》ずに、直接頭蓋骨《ずがいこつ》を通して伝わるから、カセットテープに録音した自分の声は、ぜんぜん違う声、なんなら気持ち悪く聞こえてしまうのだから。

「カセットテープに録音？　原始時代からタイムトンネルを通じて送り届けられてきた古

代兵器か、お前は？」

うっせえな、甲高い声で。

誰が古代兵器だ。

持ってないんだよ、スマホは。

要するに、他人が——音声認識ＡＩでさえ——聞いている自分の声と、自分が思う自分の声は、同一ではないということだ。伝播《でんぱ》するときの空気が、窒素と酸素ではなく、ヘリウムと酸素だったとしても、その理屈は変わらない。たとえば甲高く変化したわたしの声は、わたしが聞こえている以上に、甲高くなっているはずだ。

むろん、その差異を感覚的にアジャストできるからこその声帯模写なのだが……、慣れない配合の空気の中で、本来はやる必要さえない自分自身の声の再現という悪条件が重なると、『美声のナガヒロ』と言えど、お茶の子さいさいとはいかないようだ。

もー、他人の手柄ばっかり横取りしてるから。

第一、『美声』を再現するというのは、ただでさえ難しいだろうに……、世界一模写しづらい音声じゃないのか？　メンバーの命がかかっているとなると尚更である——だが幸い、この問題点には、極めて簡単な解決策があった。

酸素が限られている中、単身の被害者（蠟人形）と違って、わたし達が複数人のチームであったことが裏目に出た――なんてことを言ったが、あれは完全な誤りだった。

美少年探偵団の団則、秘められたその4。

団《チーム》であること。

「んなもん、俺達がチューニングすればいいだけのことだろ。お前の長広舌で、普段からさんざ長話を聞かされてんだから、機械よりもよっぽど正確に音声認識できるぜ」

……そんな運びで、多少時間はかかってしまったものの、わたし達はヘリウムと酸素の混合空気が、ヘリウムと二酸化炭素の混合空気に変わってしまう前に、『音楽の密室』からの脱出を、誰ひとり窒息することなく成し遂げたのだった。

ほっと一息、と言えばいいのかな。

危うく番宣で死んでしまうところだったが、結果だけ見れば、ショートケーキ館、第四の密室を、どうにかこうにか、解決したわけだ……、だがこの解決が、設計者である大紬氏の想定した謎解《なぞと》きでないことも、また認めておかねばならない。

わたしの視力ほどの反則ではないけれど、先輩くんの声帯模写というのもまあまあのチートだ……、普通の声真似じゃあ、音声認識の扉なんて開けられない。スマホのロックが声真似で開いたら洒落《しゃれ》にならない。

その意味で『音楽の密室』は、本来、閉じ込められたら死ぬしかない部屋だった……、ターゲットを確実に、しかも嬲《なぶ》り殺《ごろ》しにするためのトラップである。

そりゃ、そういう密室のヴァリエーションもあっていい。閉じられた扉を開ける方法を考えるだけが密室ではないのだから――だが、博覧会の展示物としては絶対にあってはならない。

許されるわけがない。

閉じ込められたのがわたし達でなければ、どうなっていたことやら……、このことは、テストパイロットとして、あとできちんと主催者に報告しないと。

「もしかして、デモンストレーションのつもりなのかな？　この『音楽の密室』みたいな逆密室で、大紬氏は自ら命を絶つつもりだとか……」

何度目かになる命の危機を脱した生足くんが言った。

ふむ。殺人装置ではなく自殺装置だと？　ならば四つ目の密室にして初めて、わたし達は行方不明である大紬氏の痕跡《こんせき》らしきものを感じ取れたと、言って言えなくはないわけだ。

主催者だけでなく、依頼人にも報告できる成果を得たのなら、命を賭《か》けた甲斐のあった収穫である――ただ、どうかな。

もうひとつしっくりこない。

逆密室が『密室の中の密室』とは、ちょっと思いにくいと言うか……、むしろ密室としては例外的な扱いになるんじゃないかな？　３４２の密室が展示された博覧会の中にあってこそ『密室の中の密室』なのであって、単体での逆密室は、あくまでも逆密室でしかない。

単体……、じゃあないのか。

五部屋ある、ショートケーキ館のワンピースなのだから。

群体――大群。

いっそデモンストレーションではなく、つまりあの部屋の中央で倒れているのが蠟人形でなく、大紬氏自身であったらわかりやすかったのだが、しかしそんなわかりやすさは、もちろん求めていない――

「……行くしかないよね。最後の一部屋に」

冗談でなく真剣に死にかけたのだから、今度こそ撤退という選択肢を議論の俎上《そじょう》に載せてもよさそうなものだったが、死にかけたからこそ、ここで引き下がるような我々ではなかった。

「ショートケーキ館、第五の密室、『無学の密室』。きっとそこに、すべての答がある。大紬氏の真相が」

13 『無学の密室』

盛り上げてしまったが、何もなかった。

無学の密室だけに。

第一の密室は英国式ティールームで、第二の密室は大量の絵画で、第三の密室はアクアリウムで、第四の密室はヘリウムガスで満たされていたが——第五の密室は、掛け値なく空っぽだった。

呼吸ができているし、厳密に言えば、言うまでもなく通常の配合の空気はあるんだろうが、引っ越し直前の住居のように、その密室はがらんどうである——そもそも、密室でさえなかった。

この部屋の扉に鍵はかかっていなかった。

のみならず、半開きになっていた。

そして、推理小説的にはこれが一番大切な事実かもしれないが、これまでのどの密室にもあった、リアリティたっぷりな蠟人形の死体も、『無学の密室』には備えつけられていなかった。

もちろん本物の死体もない。

「…………」

お隣の『音楽の密室』を脱出してからある程度時間が経過して、わたし達の声もこの通り元通りになっているのに、天才児くんのように無言になってしまう――無言なのか、無学なのか。

とにかく黙りこくってしまう。

味気ない壁に、味気ない床に、味気ない天井。

味気ない扉――には、鍵穴もチェーンロックも付属しておらず、そもそも錠を下ろせる仕組みにさえなっていない。押しても引いても開いてしまう、西部劇の酒場を想起させる、スイングドアだ。

縦から見ても横から見ても、どこをどういじくり回しても、視点を変えようと見方を変えようと、密室になりっこない部屋である――これが大紬氏の考える、密室分類の五番目？

今となっては、『力学の密室』はわかりやすかった。『心理学の密室』も『生物学の密室』も基本だ。『音楽の密室』はイレギュラーだったが、例外は例外として存在価値を認められる――しかし。

しかし、これはなんだ？

ただの空き部屋の、何が密室だ？

「……つまり、こういうことですかね。このように完全に開かれていて、閉ざされていなくとも……、死体があろうとなかろうと、見る者が、そして読む者が密室だと思えば、それは密室であると——すべての部屋は、たとえどんな間取りでどんなレイアウトであろうと、密室であると」

声が戻ると、説得力がすごい。

すごいが……、しかし、そんな感じのそれっぽいレトリックで納得してしまって、果たしていいのだろうか？　いや、まあ、わたしは読んだことがないだけで、あるのかな？　そういう推理小説も——そういう、概念みたいな密室も。

しかしそれじゃあ、あれもこれも、なんでもかんでも密室化されてしまうわけで……、分類が意味をなさなくなってしまう。雪密室、時密室、光密室、鏡密室……、密室。

だったらショートケーキ館には五つも部屋を用意したりせず、この『無学の密室』だけを建築すればよかったはずだ。最後にこんな『わからないほうが悪い』みたいな前衛的アートを見せられても、もやっとした気分になってしまう……、天才建築家と言うが、これじゃあ天才の振りをしている作品だと言ったら、依頼人の祖父に対して言い過ぎだろうか。

「余計な味付けをしない素材の味が一番って奴かよ？　他の四つの密室を参考資料にして、この何もない空間を、鑑賞者はお気に召すままにアレンジすればいいってゴールなのかね？」

前衛的アートからもっとも遠いところにいる不良くんは（イメージでものを言わせていただくと、料理は芸術だという意見を、蛇蝎《だかつ》のごとく嫌っていそうだ……、蛇蝎すら食材と見做《みな》すこの番長は）、わたし以上に消化不良感を抱いているようだった。役割の毒づきも、いよいよ堂に入っている殿堂入りだ。

あなたが密室だと思えばそれは密室であり、真の密室とは、あなた自身が作るものなのですよ——という、教育的な意味合いがもしもこの部屋にあるのだとすれば、それはもう余計なお世話だとしか思えないし、やっぱり、それっぽいことを言って誤魔化しているだけにしか感じられない。

教育の、どこが無学だ。

いや、別にここに来て、『密室の中の密室』に恥じない、究極の密室みたいなののお出ましを期待していたわけじゃないのだけれど、やっぱり拍子抜《ひょうしぬ》け——否、失望感さえ覚える。

この密室は未完成であると、そう断言したい。

「でも、それならそれでよかったんじゃないの？」

と、生足くん。

もう消化試合モードで流しにかかっているような口調でもあった——クールダウンのストレッチを始めてしまっている。

よかったとは？

「『美観のマユミ』に『未完成の密室』なんて見做されるような作品を、遺作にしようとは思わないでしょ。老いてなお盛《さか》んに、まだまだこれから、建築に取り組もうと思うんじゃないの？　推理小説に登場するような外連味たっぷりの館の建築に。納得のいかない作品を世に出してしまった悔《くや》しさを発条《ばね》にしようと、大御所は今はその構想を練るための取材旅行中っていうのが落ちじゃない？」

「なるほど……」

それならそれで、確かによかったと言うか、極めて現実的な落ちでもある——ハッピーエンドとは言いがたいが、麦ちゃんへは、そう報告するしかないか。なれば、この『無学の密室』を含め、ショートケーキ館のどの密室の中にも、大紬氏の死体がなかったということを、せめてもの救いにしておくべきだろう。麦ちゃんが聞いたという『密室の中の密室で死にたい』という発言は、やはり比喩と言うか、建築家、あるいはミステリーファンとしての心構えのようなものであって、本人に言わせれば、『いや、本気にされても』みたいな標語だったのかもしれない。

うーん……、さして美しくもない解決だが、ほどほどのスリルもあったし……、まあ、楽しいほうの課外活動だった、かな……、じゃ……、博覧会が本格オープンする前に、荷物をまとめて帰るとしようか……。

「それで？　みんならこの密室の内装を、どんな風にコーディネートするのだ？　僕としては、事務所の美術室とは雰囲気を変えたいところだね」

あれ？

まだ話が続いていた。

いや、『真の密室とは、あなた自身が作るものなのですよ』と言ったあのくだりは、不良くんとて皮肉で言っただけだろうし、この空っぽの密室に、自ら手を加えようなんてつもりはないいんだけど……。

さすがに大紬氏も、『私の密室の定義に文句を言うならお前がやってみろよ』と噛みつくように、この五番目の部屋を用意したわけじゃないだろうし――まさかの延長戦？　ここから、美少年探偵団のメンバーがそれぞれの考える密室を発表するという、議論百出の、恒例の推理合戦を始めようって言うの？

無邪気過ぎるでしょ、団長。

「そういうことで言うと――意外と狭いよね、この部屋」

整理体操を終えた生足くんが、最後にぐるりと足首ではない首を回転させ、空っぽの部屋を一通り眺める――眺めると言っても、空っぽだから、目を止めるようなものは何もないのだが。

「アレンジにも迷うって言うか……、英国ロマンなティーセットを持ち込んだり、絵画を壁一面に敷き詰めたり、水槽をずらりと並べたり、気密性を高めたりしていたから圧迫感を感じるんだと思ってたけれど、何もなくても普通に狭いんだね」

「ん……」

そう言えば――家具調度が何ひとつ置かれていないにしては、二面の壁が迫ってくるような感覚があるな。普通、荷物のない部屋というのは、たとえ四畳半のワンルームでも、それなりに広く感じるはずなのに。

視覚効果……。

同じく荷物はほとんどなかったとは言っても、第四の密室はまだわかる。生足くんの言う通り、気密性の問題もあるだろうし、空気の配合が違っていたあの部屋で、通常の感覚を維持することは難しい——だけど、こんな何の手も入れられていない、素材そのもののような新居を狭く感じるというのは、どういうことだ？　ひょっとしたらものがないことでわかりやすくなった扇形のレイアウトがそう思わせるのだろうか？　普通の、いわゆる四角形の部屋と比べて、隅《すみ》が鋭角だから……。

でも、見る限り、そんな極端に鋭くも見えないし……、鋭く……、見えない……。

「……狭く感じてるのって、わたしと生足くんだけ？　不良くんや先輩くん、天才児くんはどう？」

「あー……？　どうだろうな？　狭いと言われりゃ、狭いような……、けど、他の部屋よりは広いだろ？　家具がない分」

「つまり、家具がないにしても、まだ狭いということですよね？　部屋の平米数自体は——扇形の部屋を帖《じょう》で数えるのは無理がありますが——、五つの部屋、すべて同じでしょう」

天才児くんは無言で頷《うなず》くだけだった。

ああ、こうなるとジョーカーを序盤で切ってしまったことがつくづく悔《く》やまれる——ここでこそ、彼の見識ある一言が欲しかったのに。

ええと——つまり……、この『無学の密室』だけが特別に狭いってことはなくて……、五つの密室が、すべて同じ部屋面積だとするなら……、内法計算《うちのり》……、単なる大御所の天才気取りならば、この『無学の密室』だけでもよかったのに、なぜ密室が五つ必要なのか……、館ごと必要だったのか……、ショートケーキ館……、各部屋の学術的な名称に比べてやけに挑発的な、そんなスイートでポップなネーミングを、どうして今の今まで気にしなかった？

ケーキを等分に切り分ける、五つの部屋。

『密室の中の密室』——『で、死にたい』。

死にたい——棺桶《かんおけ》のつもりなら。

ここが終《つい》の棲家《すみか》のつもりなら。

密室に——扉なんていらない。

、、、、、、、

「双頭院くん——」

最後にわたしは、リーダーに問うた。

そっと眼鏡を外しながら。

「——いいよね？　使って」

「当たり前じゃないか！」

あやふや極まるわたしの問いに対して、何も訊き返さず、団長は即答する。

「星のように輝く眉美くんの瞳を、ここで使わずどこで使うというのかね！」

14 『無学の密室』・解決編

ケーキを公平に切り分ける方法というのも今となっては有名で、片方がケーキカットを担当し、先に選ぶのはもう片方というやりかただ——実際にぴったり等分されているかどうかはともかく（現実的には、後者を担当したほうが得をする可能性は高そうだ）、どちらからも文句の出ない手段ではある。

もっとも、これはふたりで切り分けるとき。

五人でホールケーキを切り分けるとなると、こうクレバーにことは進まない……、ホイップクリームのように知恵を絞ることを諦めて、人類らしく道具を使うしかないだろう。

分度器だ。

小学校で使う文房具である。

ホールケーキが円形なので、三百六十度を五人で割って、ひとり七十二度ずつのピースケーキを配分するのが平等となる。本当に切り分けるとなると分度器だけでは難しいから、もっといろんなガジェットが必要になるだろうが、ともかく、七十二度という角度に間違いはない。

こうなると無学どころか数学である。

言うまでもなくこの数字は、通常の部屋の四隅の、九十度に比べて鋭い角度だ――九十度引く七十二度で、十八度鋭い。だからその鋭さが、荷物を何も置かなくとも、部屋を狭く感じさせるんじゃないかと思った。

しかしそうではなかった。

むしろ扇の角度はえらく鈍《にぶ》かった――計算上の七十二度どころか、通常の部屋の九十度よりも更に鈍い、百八度という驚異の鈍角だった。この扇子は完全に開かれている。文章にしてみればどうして気付かないんだと思われるような数字の差で、ここはむしろ『文学の密室』になってしまうが、これは実際の密室を立体化し、建築したからこその『トロンプ・ルイユ』だ。

騙し絵ならぬ騙し立体と言うべきか。フランス語ではどう言うのだろう?

しかし角度が鈍くなっているのなら、むしろ密室の内寸は広くなりそうなものだが、それはホールケーキの円周部分、つまり扇の弦の部分が、角度につられて長くなった場合だ

——当たり前だが、どう切り分けようと、ホールケーキの面積や体積が増すような魔法はない。

同時に、角度がそれぞれ百八度になってしまっては、五つの密室の合計が、三百六十度を通り越して、五百四十度になってしまう——数学的に存在しえないこの辻褄《つじつま》の合わなさを改善するなら、方法はひとつしかなくて、角度を形成する扇の二辺を相応に短くすることだ。

弦を延長するのではなく、辺を短縮する。

つまり、扇の形はやや平べったくなり、必然、その面積も小さくなる——入室者が想定するよりも部屋は狭くなる。

家具や絵画や水槽や混合空気を詰め込むことでカムフラージュされていたが、室内に蠟人形すらも置かれていない『無学の密室』だったからこそ、その違和感が感じ取れたわけだ。

それで？　それがどうした？

部屋の内寸がイメージと違うなんて、不動産探しではよくあることでしょ？　直線には太さはないけれど、立体建築には、壁の厚みとか、柱の位置取りとか、そういうのがあるのだから。

そうじゃない。そうじゃないんだ。

ショートケーキ館なんて、おじいちゃん世代がつけたとは思えない、各部屋のネーミングに比べてやたらポップな名前は、てっきり、万国密室博覧会に独自の作品を提出するにあたって、とっつきやすさを意識したのだとばかり思ったが——それこそがとんでもないミスリードだった。

思考が文学の密室に閉じ込められていた。

そんな名前の館だから、ホールケーキを切り分けた五つの部屋を、たやすくイメージできたけれど、そのわかりやすさに疑念を抱くことなく、イメージを固定してしまったことが問題である。

要するにパンフレットの見取り図が、フェアプレイ精神に反するミスリードだったということである——各部屋の角度が七十二度ではなく百八度であるならば、それぞれの密室の頂点が、ホールケーキの中心からズレるので、つまり『館』の真ん中に隙間が生じるのだ。

隙間。

という言いかたでは、しかし味気ない。

数字で示せば七十二度と百八度の違いは瞭然《りょうぜん》ではあるが、ここはいっそ、『美観のマユミ』らしく、百聞は一見に如かずでいこう。

ショートケーキ館の正確な見取り図は、次ページのようになる。

ご覧の通り――隙間ではなく星間である。

何がショートケーキ館だ、ホールケーキをこんな風に切り分けたりするものか――飾り切りもいいところである。クッキーを星形にくり抜いているんじゃないんだから。道理で隣り合っている部屋同士が、コネクティングルームになっていないわけだ……、壁同士が接していないのであれば、扉で繋《つな》げられるわけもない。

これが一般住居なら噴出して当然のそんな建築基準法上の疑問も、『推理小説の立体化』というお題目で、なあなあにされてしまっていた――『密室』を作るために『館』を建てなければならなかった真意がそこにある。

部屋から部屋への移動を禁じ、いちいち館の外に出なければならないしち面倒な構造にすることで、建物の全体構造を把握しづらくしている。

しかしなるほど。

『密室の中の密室』――そういう意味とは。

ミスリードのない素直な密室を取《と》り揃《そろ》えていると、途中までは感心させられていたけれど、何のことはない、『力学の密室』も『心理学の密室』も『生物学の密室』も『音楽の

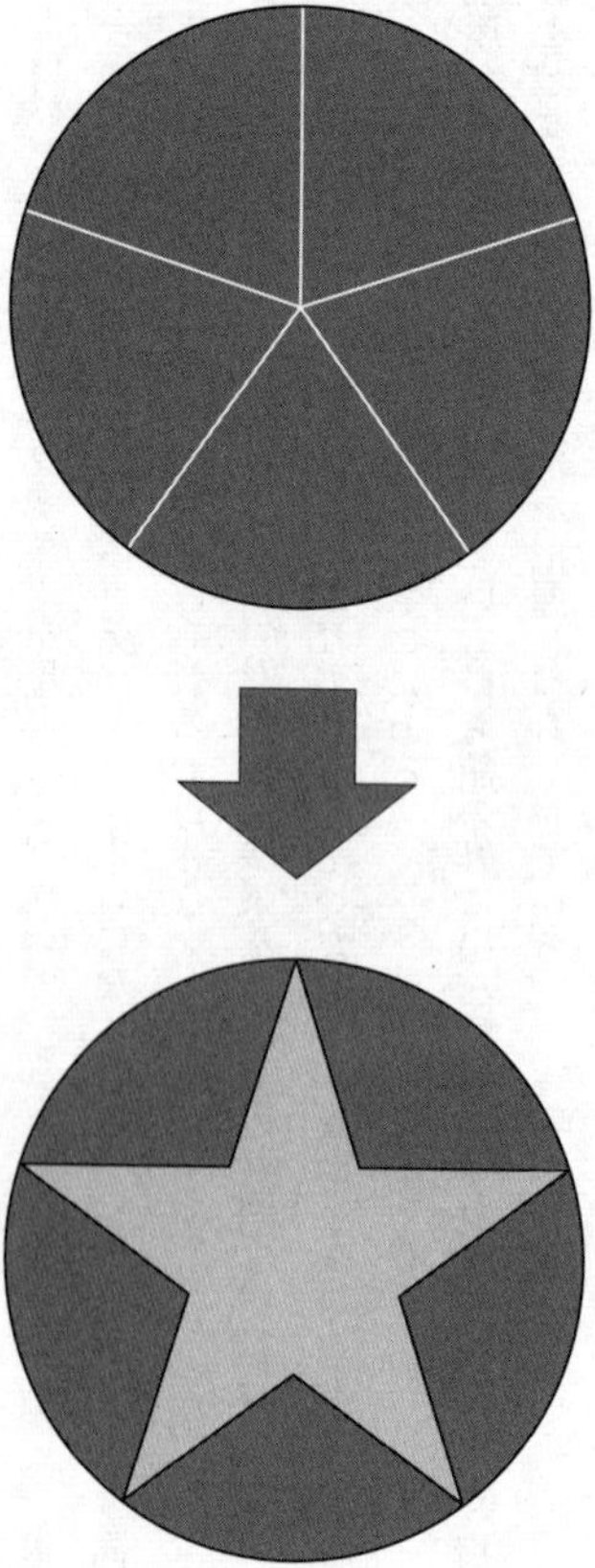

密室』も『無学の密室』も、五つの密室、すべてがミスリードだっただなんて。

万国密室博覧会に展示される自作の密室の中で死にたいという意味ではなく、囲まれる密室さえ自作に限っての、密室の中の密室。六つ目の、あるいはゼロ番目の密室を形作るための――『密室のための密室』である、これぞ文字通り。

密室で密室を構成するという設計プラン。


「美しい！」


そうリーダーが叫んだのも、決して大袈裟《おおげさ》な評価ではあるまい――わたしだって、これが推理小説の一場面であったなら、叫びはしないにしても、同じように感じたかもしれない。

館ものの見取り図には、それだけの力がある。

だが、はしゃぐリーダーを尻目《しりめ》に、とてもそんな気分にはなれなかったのは、その見取り図が、同時に看取《みと》り図でもあるからだ。隙間であろうと星間であろうと、ともかく、シヨートケーキ館の中央には空間がある――だが、その空間には、這入るための鍵もなければ扉さえもない。

どの部屋からもコネクティングしていない、ノブもなければ、抜け穴もサムターン錠も、音声認識マイクロフォンもない、完全なる閉鎖空間だ――構造上、あるいは目的上、さすがに窒息死するような気密性はないだろうが、裏を返せば、ゆるやかに死んでいける密室であるとも言える。

犯人はこの中にいる——ように。

行方不明の建築家・大紬海兵は、この中にいる。

この密室の中に。

その空間を『見通す』にあたって、わたしは卑怯《ひきょう》にも『よ過ぎる目』を使ったが——しかし、使うまでもなかった。むしろ死ぬためだけに用意されたその空間を見ていられなくて、わたしは俯《うつむ》いてしまった。

遺作であり、終の棲家。棺桶であり、墓標——麦ちゃんに報告できるか、こんな真相。

おじいちゃんはお星さまになったんだよ——なんて。

「……あ、そうだ。主催者に報告すればいいのか。四番目の密室の不具合と合わせて——そうすれば、破城槌でもショベルカーでも使って、こじ開けてくれるよね」

何も核シェルターってわけじゃないんだ。

博覧会の主催者としても、期間中に死人が出るような展開は避けたいはずである——密室の中の密室にこもる大紬氏を、否応《いやおう》なく引っ張り出してくれるだろう。

引っ張り出して……、無理矢理に……。

夢を妨げる……。

「でも、それしかないもんね、不良くん……、って、あれ？　みんなは？」

顔を起こせば、『無学の密室』には、いつの間にか不良くんしかいなかった——え？　リーダー達、もう帰っちゃったの？　それってわたしに対しても冷たくない？　しゅんとしたわたしを置いていく？

「それともわたし達に気を遣って二人きりにしてくれたの？」

「存分に口喧嘩《くちげんか》できるようにか？　お前がブラックホールみてーに暗い顔をしている間に、リーダー達は前室に戻ったよ」

「戻ったの？　なんで？」

しかも、あんな危険地帯に？　つい一時間前に命を落としかけたところに？

「ほら、たらたらしてねーで、俺達も行くぞ」

「そりゃ行くけど——だからなんで？　なんのために？」

行くのなら、主催本部へ掛け合いにだろうに——と思いつつ、わたしは慌てて、駆け出すように四人の跡を追う。さすがにそんな馬鹿《ばか》なことはしないだろうが、また閉じ込められていたりしたら——さっき出られたのは運がよかっただけかもしれないし、外側からじゃ助けられないんだよ？

その点は杞憂《きゆう》だった。

ショートケーキ館、もしも実際に即して改名するならシューティングスター館を逆回りで前室に戻ってみると、開けられた密室の扉を、生足くんと天才児くんが、小さな身体のふたりがかりで、オートロックが閉まらないよう、抑えつけていた。

それはそれで危険な真似だが……、美少年サンドができあがる前に、パワーキャラの不良くんがすかさず、ふたりに重なるようにして、扉を押さえる。そうやって開けっぱなしにしておけば、ひとまず閉じ込められることはないし、換気もできて、窒息する心配もない——けれど、『美観のマユミ』が着目すべきは、そんな協力プレイでさえなかった。

「聞こえるかね！　大紬海兵さん！」

恐らくは、またぞろ音声認識での解錠を担当したのであろう先輩くんに寄り添われたリーダーが、扇形のレイアウトの、百八度の隅に向かって、甲高い声を上げていた——換気はされていても、いくらかヘリウムを吸い込んだようで、声は変わっている。

そんな声で、『密室の中の密室』に向けて、リーダーは呼びかけていた。

「あなたの作った密室は、どれも素晴らしい美しさだった！　楽しかった、面白かった、実に愉快だった！　僕はとても感動したよ、事務所の改築をあなたに依頼したいくらいだ！」

それはやめて?

と、横槍を入れそうになってしまったが、わたしは口を噤《つぐ》む——わたしも少なからず面白ガスを吸い込んで、声が変わってしまっているかもしれない。そんな声で突っ込んでも、と思ったのだが……、しかし、そう思ったことで気が付いた。もしもリーダーが、感想と感動を、『密室の中の密室』に向けて、伝えずにはいられなかったのだとしても、それは『無学の密室』からだってできたことなんじゃないのか?

なのに、どうしてわざわざ、前室に移動したのか——この変声こそが目当てだった。音程の狂った聞き苦しい声音のようでいて、しかしその実、オクターブの高い音のほうが遠くまで伝播しやすいというのも、音の性質である。

遠く離れた人の心まで。

『音楽の密室』——気持ちを率直に伝えるために、声を変えた。

密室の中の密室に届くように。

音速を超えて、一刻も早く伝えるために。

つまり超音波であり、衝撃波。

当然それは音声を司《つかさど》る『美声のナガヒロ』のアイディアだろうが、しかし我々下《した》っ端《ぱ》の手柄を横取りし続けた副団長は最後の最後で、見せ場のスピーチを上司に譲ったのだろう、何も言わずに寄り添っている。

リーダーは続ける。

「だから僕はあなたの邪魔をしようとは思わない！　安心したまえ、口の軽い僕だが、この秘密だけは守ると誓おう——しかし大紬海兵さん、『密室の中の密室で死にたい』という遺言だけはいただけないな！　そのモチベーションに限ってはまったく美しくない！　これだけのスケールの密室を建築してのけたあなたは、孫娘にこう言い残すべきだったのだ——」

密室の中の密室で生きたい、と。

無茶苦茶甲高い声で、とことん誇り高く謳《うた》われたリーダーのその言葉に、後ろで聞いていたわたしも、その動機ならば、主催者に告げ口することなく、まして小説化するようなこともなく、美少年探偵団にあるまじきことに、守秘義務を守ろうと思わされた——ただし、わたしからもひとつだけ、この空気の中、できる限り声を低くして。

「あの……、リーダー、おかしな声だからこそ逆に響く、とてもいいメッセージなんだけれど、できれば防音壁じゃない隣の部屋に戻ってから、改めて伝えたほうが……」

「おや、そうかね」

悪びれることなく、とぼけた風にわたしを振り向く双頭院くん。

「あいにく僕には学がなくてね——僕にあるのは」

美学だけ、でしょ。

15 エピローグ

その後のこと。

依頼人の祖父である大紬海兵氏は、大密室展が本格的にオープンするまでの短期間で、ショートケーキ館を突貫工事でリフォームした——テストパイロット六名により判明した『音楽の密室』の欠陥にセーフティを加えるのは当然として、中央の星間、星の間を、何不自由のない生活空間へと改築したのだ。

作業机や寝台、ステレオコンポやテレビ、冷蔵庫に食洗機、本棚が持ち込まれ、カウンターキッチンにバストイレ別、掘りごたつにウォークインクローゼット、光ファイバーやWi-Fiさえも完備されたバリアフリーなつくりは、完全に閉ざされた密室であることを除けば、素晴らしい快適空間へと変貌《へんぼう》を遂げた——否、そこで暮らす住人にとっては、密室であることこそが、入居の決め手となるのだった。

あらゆる学問の中で唯一『楽しむ』と書く『音楽の密室』になぞらえて言うならば、シヨートケーキ館の中央の間は、『数学の密室』でも『文学の密室』でもなく。

『安楽の密室』——である。

来場者はおろか、お天道さまでさえ思うまい、大密室展の開催期間中、密室に囲まれた密室——に囲まれた密室の中で、ひとりの老人が、安穏な老後を過ごしていただなんて
——『密室の中の密室』で、生きていただなんて。

扉がなく、死体がなくとも密室だ。

最初に言った通り、万国密室博覧会は、あまり成功したとは言いがたい、使用された会場はのちに、ペンペン草一本生《は》えなくなるような惨憺《さんたん》たる有様《ありさま》だったのだが、唯一、大紬氏の余生だけは、成功を収めたと言えるのかもしれない。

期間終了後もショートケーキ館は解体されることなく、大紬氏の所有する私有地へと移築された——行方不明になった建築家の、一風変わった奇妙な遺作として、無料で公開され続けていた。

口さがない者は、きっとこんなへんてこりんな建物を作ったことが恥ずかしくて失踪したのだろうなんて言ったが、そんな批判を壁一枚隔《へだ》てて、大御所は口元をほころばせて聞いていたことだろう。

もしもその隠遁《いんとん》生活が露見すれば大騒ぎでは済まなかっただろうが、唯一それを知るわ

たし達は秘密を守り続けた――依頼人である麦ちゃんにまでもすべては話さず、いつか話すべきときが来たら真実を伝えるという約束をするにとどめる徹底っぷりだった。

で、先日、そんな孫娘から絵はがきが届いた。

そのときのわたしは、もう絵はがきを読むことはできなくなっていたけれど、当時のパートナーに代読してもらったところ、大紬海兵氏が『自宅』で天寿をまっとうしたとの知らせだった。

長生きしたね、おじいちゃん。

第一発見者が誰にしろ、密室殺人事件の被害者になることなく、生き切った――というわけで、絵はがきへの返事として、わたしは今この文章を、万年筆で原稿用紙にしたためているのだが、しかし賢明なる読者諸兄、もとい、賢明なる読者諸孫は既にお気付きの通り、正真正銘の遺作となったショートケーキ館に関して、このエピローグでも、あえて触れていない点がある。

あえなく触れられない点がある。

わたしと言うよりわたし達、美少年探偵団が、守秘義務を遵守《じゅんしゅ》するために、故意に取り組まなかったミステリーが残存している。

死にたいと望んでいた当初ならまだしも、そこで生きるとなると、生活必需品の入手やメンテナンスなど、密室からの最低限の入出は避けられないと思うのだが……、扉も窓もなく、四方ならぬ八方を壁に囲まれた、五つの密室に包囲されたあの星間を、しかも公開された衆人環視の中、大紬氏はいったいどのように出入りしていたのだろう？　建築家はあの完全密室を、どんな鍵をもって解錠した？

その謎だけは時を経た今も謎のままだ。

解けない謎も、また美しい。

（閉）

美少年耽々編

1 『どうでもいい耽美』

「そこの美しいおふたりさん。ちょいと今から『どうでもいい話』をしようと思うのだけれど、覚悟があるならわたしの話を聞いて、あなたがたがチキンじゃないことを証明してもらえるかしら？」

「はあ？」

「はい？」

放課後の美術室、言うならば美少年探偵団の事務所において、ベテランMCであるわたしからの申し出に対し、不良くんと先輩くんは、揃《そろ》って怪訝《けげん》そうな反応を見せるのだった――洒脱《しゃだつ》な室内にいるのが宿命のライバルであるふたり（と、ベテランMC）だけという痺《しび》れるくらいピリピリした空気を打破しようと勇を鼓《こ》して切り出したのだが、余計ピリついてしまったか。しかしもうあとには引けない。

死ぬか、喋《しゃべ》るかだ。

「どうでもいい話？　天気の話でもして間を持たそうとでもしてんのか？　そんなことしなくていいんだよ、この部屋では」

「ミチルくんの言う通りです。無理に話そうとしなくてよいのですよ。どうぞ黙っていてください、瞳島《どうじま》さん」

どうぞ黙っていてくださいと言われると、配慮ではなく、単に嫌われているようにも聞こえてしまうが、わたしが先輩くんから嫌われる理由が何一つないので、これは邪推だろう。

わたしは黙らないぞ。

「そうじゃなくて、『どうでもいい話』って、どういう話だろうってことについて、深く掘り下げたいと思うのよ」

「厄介な奴《やつ》が厄介なことを言い出したな」

「今不良くんは、『天気の話』をどうでもいい話として取り扱ったじゃない？　でも、農家のかたにとって『天気の話』ってすごく重要なトークテーマよね。『どうでもいい話』をするときって、その人が何を『どうでもいい』、つまり無価値だと思っているかがバレてしまうリスクを孕《はら》んでいるのよ――そう考えると、迂闊《うかつ》に雑談もできないなって」

「なるほど、一理あります。たとえば瞳島さんが隙間《すきま》時間に、人権について雑に話していたとするなら、瞳島さんは人権を『どうでもいい』と思っていることが露見するという意味ですね」

「たとえ話が酷過《ひど》ぎるわね」

「『何を大切に思っているか』がバレるよりも、『何をどうでもいいと思っているか』がバレるほうが、案外致命的かもな――ちなみに俺は、料理のレシピを『どうでもいい』と無視する奴が信じられねえ」

「うちの親、酢豚を鶏肉《とりにく》で作るわ」

「そういう親だからこそ、お前みたいな娘が育成されたわけだ」

「いくらわたしが親と不仲だからと言って、わたしの親の悪口を言っていいわけじゃないのよ？」

「間を持たすための雑談なのですから、当《あ》たり障《さわ》りのない話題を選ぶべきですが、しかしその選択こそが、デスゲーム開始の合図になりかねないということですね」

お前はそれを当たり障りがないと思っているのか見損《みそこ》なったぜと、目も当てられない喧《けん》嘩《か》に発展しかねない――互いの主張をぶつけ合う建設的な議論は美しいかもしれないけれど、この場合は、一方が議論の中枢を『どうでもいい』と思っているだけに、さぞかし嚙《か》み合《あ》わない論争になりそうだ。

何マジになってるの？

と、どうでもいい派は思うだろう。

「先輩くんにとって『どうでもいい話』って何ですか？　スピーチの名手であり人を言い負かすのが得意な先輩くんにとっては、そういう無意識こそがマウンティングの狙《ねら》い目なのかなって愚考するんですけれど」

「愚考なんて、謙虚な風を装いながら、私のイメージも大抵悪いですね。瞳島さんが今仰《おっしゃ》っているのは、誰かにとって『どうでもいい話』であっても、他の誰かにとっては『最重要の話』であるという意味合いなのでしょう。逆に言えば、己《おのれ》にとって『最重要の話』が、よそで『どうでもいい話』として語られているのを聞けば、自分が不当に扱われている気分になるという——」

「この話くらい『どうでもいい話』ってないんじゃねーのか？」

先輩くんのいい声でのトークを、こうもばっさり切り捨てられるのは、不良くんくらいのものである——そのトークのまさに実例みたいになっているとは言え。

先輩くんは苦笑でやり過ごす。

「しかし、自分が何を『どうでもいい話』と思っているかといざ訊《き》かれてみれば、なかなか答えにくいものがありますね。どうでもいいと思っているだけに。先程の『天気の話』にしたって、ミチルくんが本気でトルネードや気候変動をどうでもいいと思っているかと言えば、そうではないでしょう」

「俺が例にあげたのは『天気の話』であって『天変地異の話』じゃねえよ――まあ、キッチンは農家さんの事情と直結してるしな」

そういうこと？

しかし、『どうでもいい話』だと思っているものが、意外と自分の人生に直結してくるのも、よくあることかもしれない――そもそもわたしにとって、美少年探偵団がそういうものだった。

指輪《ゆびわ》学園のまことしやかな噂話《うわさばなし》として語られている彼らこそ、わたしにとってかかわりのない、まさしく『どうでもいい話』だったはずだ――なのに今となっては、わたし自身が都市伝説の一部になってしまっている。誰にとっても『どうでもいい話』なんてないのと同じように、もしかしたら、自分にとっても『どうでもいい話』なんてないのかもしれない。

「そんな詰めかたをしてくる奴がいたらぶん殴るけどな。雑談してたら、ことあるごとに『お前、それを本当にどうでもいいと思っているのか？　今お前は、すごく大切なことを言っているんだぞ？　世の中にとっても、お前にとっても』って」

「不良くん。それを本当にどうでもいいと思っているの？　今あなたは、すごく大切なことを言っているんだよ？　世の中にとっても、あなたにとっても。自分で気付いてないの？」

「なぜあえて俺にぶん殴られるリスクを冒す。しかも独自のアレンジも付け加えて」

「その部分が一番不快ですね。ご自身で気付いてますか？」

不快？　深いと言われたのかな？　美声の言葉が強くて受け止めきれない——愛情の裏返し？

わたしは仕切り直す。

「だから、もしも沈黙が気まずいからとりとめのない雑談をしようと言うときは、それなりの注釈が必要なんじゃないかなって、ベテランＭＣは考えるわけ。まとめるとこう。『あなたにとってはこのテーマはどうでもいい話じゃないかもしれないけれど、わたしはどうでもいいと思って話すつもりだし、でも本当に心底どうでもいいと思っているわけじゃなくて、今あなたと掘り下げるつもりがないだけだから、六割のトーク力で上辺だけラリーしてね』って」

「お前の人間性が六割だよ」

「『どうでもいい話』でもしたくありませんね、その注釈をされたあとでは。むしろ逆に、真剣な説教をしてさしあげたくなります」

それはあるかもしれない。

変に『語ろうぜ！』と言ってくる奴より、大切に思っていることに対して雑なことを言っている奴のほうにこそ、身を入れて懇々と、言い聞かせてしまうかも——温度差は開く一方であるにしても。

「結論として、俺とナガヒロは、瞳島眉美《まゆみ》の話をしている限り、喧嘩にはならないということか？」

「なるほど」

なるほど、じゃないよ。

瞳島眉美の『どう』は、どうでもいいの『どう』じゃない——しかしそのトークテーマなら、意外や意外、このわたしもエキサイトすることなく参加できそうだ。

「あなたはもっと自分を大切にしてください。周りからどうでもいいと思われている分、自分が大切にしてあげないといけない話もありますよ」

説教をされた。わたしがどうでもよくなかったのかな？

2 『大阪城の耽美』

「『大阪城を建てたのは誰？』ってクイズで、『大工《だいく》さん』って答があるけれど、あの意地悪クイズはどれくらい意地悪な気持ちで言っているのかしら？　単に歴史の教科書の揚げ足をとっているのか、それとも雇用者と労働者の関係性について疑問を呈《てい》しているのか、どちらなのかしら？」

放課後の美術室、言うならば美少年探偵団の事務所において、わたしが迎える今日のゲストは、不良くんと天才児くんのふたりだった。天才児くんはふたりの先輩に背を向けて、一心不乱にキャンバスに向かっているだけなので、実質は不良くんとふたりきりみたいなものだ。

ただし、わたしの質問内容は、天才児くんのそんな姿を見て思いついたものである。

「何が言いたいんだ？」

勘の悪い不良くんがそう問いただしてくるので、親切にも私は説明する。この甘さがわたしの駄目なところだ。しかし、無駄かもしれないけれど、天才児くんにも聞こえるように。

「いや、この意地悪クイズの設問自体、『正しい答は長宗我部元親《ちょうそかべもとちか》である』って前提に立っているわけじゃない」

「長宗我部元親を知ってる奴が、なんで豊臣秀吉《とよとみひでよし》が大阪城を建てたことを知らないんだよ」

「雇用者が誰だったにせよ、現場の大工さんは、このクイズに対して、素直に『大阪城は俺が建てた』って答えていたんじゃないかしら？　って言いたいの。レオナルド・ダ・ヴィンチの作品にしても、ミケランジェロの作品にしても、結局、弟子が作ってたりするじゃない？　誰がなんと言おうと弟子は自分の作品だと思っていたんじゃないのかなあって――世間はそう評価していなくても、歴史家がどう語ろうとも、自分自身でそう思えるんなら、それってやっぱり偉業だよね」

「ははあ。有名シェフの経営するレストランでも、すべての料理をそのシェフが作ってるわけじゃなく、雇われたアルバイトが考案されたレシピに従って作ってるメニューもあるけれど、しかしアルバイト自身にとっては、間違いなくそれは自分で手掛けた料理ってわけか」

なんでも料理でたとえるなあ、この番長は。

今更だけれど、料理長って言うべきなんじゃないのか？

でもまあそういうことだ。

ダ・ヴィンチとかミケランジェロとか言ったのは、もちろん天才児くんを意識してだったのだが、しかし振り向きもしやがらねえ、こちらの後輩は。わたしを先輩とも、人とも思っていないのかもしれない。

「聞いてる？　天才児くん。いつか天才児くんも、理事長としてでも芸術家としてでも、人を雇う側の人間になるわけだから、スタッフサイドの気持ちも知っておいたほうがいいんじゃないかと思って、老婆心ながらこういう話をしているんだよ？」

「仙人級の老婆心を発揮するな、瞳島」

「スタッフに対しては賃金と同様に、敬意も払わなければならないと言うことよ。敬意を払われていないと感じたときに、人心は離れていくのだから」

いっぱしの起業家みたいなことを言っているわたしだが、むしろ人心が離れていった側の意見として聞けば、わたしのような者でも、天才児くんにとっての他山の石となれるだろう。この路傍の石とて。

「難しいな。敬意が払われていないと感じているときって、大抵、こっちも向こうに敬意を払っていないときだからよ」

確かに。

実際のところ、大阪城を建てた大工さんがどう思っていたかはそりゃあ定かではないけれど、もしも『俺が建てた』と思っていたのなら、それはボスである豊臣秀吉をないがしろにしているとも言えるわけだ――今現在、天才児くんがわたしをないがしろにしているように。

わたしは天才児くんのボスではないが、わたしも大抵、この天才児くんに払う敬意を忘れている。

お互い様と言うか、悪循環だ。

「何をするにしたってひとりでできることには限界があって、おのずと人の手は借りなきゃいけないわけだけれど、どこまでを自分の手柄《てがら》と考えるかは、人それぞれだよね。ひとりだけじゃ生きていくことすらできないんだから、愚かなる人間ごときは」

「『愚かなる人間ごときは』まで言う必要があったか？」

その通り。そして天才でも然りである。

天才でも、天才児でもそうだ。

「愚かなる人間ごときは、文字通り建設的な築城のみならず、城を落としたりもするわけじゃない。でもそういう戦《いくさ》にしたって、大将がひとりでおこなうんじゃなくて、大勢の兵隊が実行するんだから、『豊臣秀吉が天下を統一した』っていう言いかたも、果たして歴史的に正しいのかどうか。参戦していた足軽にだって『天下を統一したのは俺だ』って思う権利はあるわよね」

「足軽ならぬ農民だって、『あの大名は俺の納めた年貢で食っているようなものだ』って思ってるかもな」

人間は社会的な生き物であり、それぞれに役割があって、そこに優劣はない——天才児くんが天才で芸術家で理事長という役割を果たしているのと、わたしが先輩で小姑《こじゅうと》で老婆心であるという役割を果たしているのが、まさかの等価であると言うことか。同じく社会的な生き物である蜂《はち》や蟻《あり》が、巣を建設するときに、誰がリーダーだとか誰の手柄だとか、そんなみみっちいことを考えているはずもなく、集団で『ひとつの生き物』なのである。

人間もまた、七十億で『ひとつの生き物』なのだ。

「そう考えると、天才児くんが今描いている絵も、わたしが描いているようなものだよね」

「さすがにそんなこじつけはねえだろ」

「不良くんの作る料理も、わたしが作っているようなものだ。自給自足だ」

「絶対に人の上に立つなよ、お前。リーダー気質がゼロだ」

俺もソーサクもだけど、と不良くん。

だからわたし達には、リーダーがいるわけだ。

美点のみならず、欠点も補い合う。

それが団《チーム》である。

「天才児くんが無口な分、わたしがいっぱい喋らなきゃってところもあるしね」

「まあお前が団に入ってくる前は、ソーサクはもうちょっと喋る奴だったけどな」

「え、そうなの？」

衝撃の事実。

天才児くんは、わたしの分まで黙ってくれている。

3『決闘の耽美』

「あなたがたふたりは見たところこのチームのいわゆる体力班なわけだけれど、どうなの、『美脚のヒョータ』と『美食のミチル』は、タイマンで戦ったらどっちのほうが強いの？」

放課後の美術室、言うならば美少年探偵団の事務所において、チームの頭脳班期待の新鋭であるわたしが問いただした相手は、生足くんと不良くんである――陸上部のエース、体育会系中の体育会系である足利飆太《あしかがひょうた》と、不良の中の不良である袋井満《ふくろいみちる》。

殴り合ったらどっちが勝つ？

「言いたいことはいろいろあるが、まず第一に、お前は頭脳班じゃなくて補欠枠だろ」

補欠だったのか、わたし。

言われてみればしっくりするポジションだ。

補《おぎな》ってるしな、みんなを。

「なんでボク達を仲間割れさせようとしてるんだよ……、殴り合いなんてしないよ、ボク達は」

「でも、不良生徒とアスリートのどっちのほうが強いのかって、誰しも気になることじゃない？　永遠のテーマじゃない。『美観のマユミ』として見ているから、ちょっと今ここで果たし合いをしてみてよ」

「湯水のように資産を持つ、悪趣味な金持ちの娯楽みたいなことを言いやがる……、なんて危険な補欠がいるんだ、うちのチームには。絶対に怪我できねえ」

「この補欠をのさばらせないためにも、ボク達は喧嘩をしちゃあいけないね。一致団結して、レギュラーの座を死守しないと」

なんてことだ、逆効果を生んでしまった。

ふたりの絆を強めるためにあえて悪役を買って出たという路線に変更しようかしら。

「口喧嘩なら先輩くんが一番だって言うのは簡単に予想がつくんだけどね。ほんっと口先だけだ、あの男は」

「毒舌という意味では、ナガヒロよりもお前のほうが上なんじゃねーのか……？」

おっと、『美食のミチル』から舌を評価していただけるとは、身に余る光栄だね。油断したら才能を垣間《かいま》見せてしまうぜ、この補欠は。

「実際にミチルと決闘みたいな話になったら、ボクは全力で走って逃げるよ。勝てるわけがないんだから」

ふむ。

しかしそれは、逃げるが勝ちという気もする。生足くんがその美脚を使って全力で逃げたら、不良くんに限らず、誰も追いつけない……、小回りも利くゆえに立体的な駆動が可能で、追跡はバイクや車を使っても難しかろう。

「生足くんは次々と襲来する誘拐犯から逃げるために、陸上部に入ったんだもんね。その美脚は、コンクリートジャングルを生き残るためのすべなんだ」

「だからボクの設定を勝手に盛らないでってば。確かに、走るようになってからは、そんなに誘拐されなくなったけども」

そんなに誘拐されなくなったって。

どういう日本語だ。

「逃げるかどうかはともかく、喧嘩を避けるってのは、喧嘩に負けないための一番の手だわな。どんな腕っ節の強い奴でも、ずっと喧嘩をし続けていたら、いつかは疲れるんだから。そこを襲われたらひとたまりもねーぜ——勝負どころは心得ねーと」

「強い奴でも弱ったところを狙えばいいってこと？　ふむふむ」

「いらん知恵を授けてしまった」

まあ不良くんも、喧嘩三昧《ざんまい》の日々を送っているってタイプの番長じゃあないわよね——イメージに反して、喧嘩っぱやいという風でもない。

腰が重いタイプの不良だ。

「けれど、少年漫画とかでは、バトルの回数を重ねるに連れて、どんどんパワーアップしていくものよね。場数を踏んでいるっていうのは、やっぱり要素なんじゃないの？　連続殺人もあとのほうほど、どんどん手際がこなれていくように」

「恐ろしい比喩だな……、探偵団的ではあるが」

「でも眉美ちゃん、殺人事件だって、回数を重ねるごとに、やっぱり捕まる可能性は飛躍的に上がっていくものなんじゃないの？　ギャンブルをずっと続けていれば、いつかは大敗するのと同じで」

犯罪の控除率というわけか。

何事でも、繰り返していれば勝率は均《なら》されていく——大逆転もジャイアントキリングも、みるみるレアケース化されていく。

「生足くんと不良くんも、百回二百回とタイマンを張り続けていれば、まぎれは起きなくなるわけで、逆に言うと、一回や二回の喧嘩じゃあ、どっちが強いかは判じかねるのね。やるとすれば長期戦だ」

「だから、なんでお前はそこまで俺達を争わせたがるんだよ」

「逃げるのは禁止にして考えようかしら。逃げたら電撃が走る首輪をしているという前提で、生足くん、考えてみて」

「いよいよ悪趣味な金持ちの娯楽だよ。武器は使っていいの？」

「いい」

「いいんだ……」

「ただし、己の専門分野にかかわる武器に限ろうかしら。ほら、陸上部って、刃物のついた靴みたいなの履いてなかったっけ？」

「野球部のスパイクのことを言ってるのかな……？　刃物のついた靴って。スケート靴みたいに。陸上部の武器……、砲丸投げ選手じゃないしな、ボクは」

「トレーニングで使うバーベルとかはどうだ？」

不良くんが敵に塩を送る。

敵視していないのかもしれない。

「不良くんは調味料で粉塵《ふんじん》爆発を起こすとかかしら。トウガラシで目潰しとか。オリーブオイルを撒いて生足くんの生足を滑らせるとか」

「包丁を使わせろ」

怖い突っ込みだ。

しかしバーベルの時点でそうだったけれど、包丁が出てくると、いよいよ喧嘩の域を越えてくるな……。

そういうんじゃないんだよね。わたしが見たいのは。

悪趣味な金持ちならぬ悪趣味な庶民が見たいのは。

素手で戦うのならば、フィジカル的には生足くんに分があると思っていたが、考えてみれば料理人というのも、なかなか過酷に筋肉を使う職業だと言う。そうなると単純な体格差が勝負を決めることになるのだろうか。それはなんだか面白味がないな……、ブックメーカーとして、エキサイティングな対決を演出しなければ。

「ハンデをつけようかな。不良くんは脚を使っちゃ駄目。その代わり生足くんは、勝負当日、断食して臨むこと」

「実はボクのほうが不利っぽいよ、そのハンデ。眉美ちゃんが、ボクが負けるところを見たがっている」

「それは悩ましい。態度の悪い不良くんが地に落ちるところと、可愛い生足くんが泥にまみれるところと、どっちのほうが見たいかと言われたら……」

「どっちにしろ、負けシーンを見たがっている観客なのかよ……、俺達の勝負なのに、お前のやばさばかりが際立っている」

「どっちが負けても眉美ちゃんの勝ちじゃん。瞳島じゃなくて胴元だよ」

「賞品を出せば盛り上がるかな。やる気も出るでしょ、浅ましい者達は」

「俺とヒョータが結託して、プロモーターであるお前を倒す展開じゃないのか？　そっちのほうが盛り上がるだろ」

「デート権なんてのはどう？　決闘に勝ったほうには一日、エスコートする権利を差し上げるわ」

「地獄にってこと？」

　おっと、言葉足らずだった。

　ふたりの美少年にわたしを巡って争って欲しいと言っているみたいになってしまった。悪趣味な金持ちでも庶民でもない、悪のプリンセスみたいになってしまった。わたしのために争わないでと言っているのだか、争えと言っているのだか。

さしものわたしも、このふたりの対決のトロフィーに自分が相応《ふさわ》しいとは考えていない――デートの相手は別である。

「デート権って言うのは、女装した団長をエスコートできる権利ってことね」

「…………」

「…………」

黙るなよ。

4 『モルグ街の耽美』

「歴史的には推理小説が開闢《かいびゃく》されたのは、エドガー・アラン・ポーの『モルグ街の殺人』からだっていうのが有識者の公式見解だけれど、その小説を江戸川乱歩が翻訳した作品があると聞いて、わたしは飛びついたのよ。夢のコラボじゃない、そんなの」

放課後の美術室、言うならば美少年探偵団の事務所において、わたしは不良くんと団長に話を振った――雑談ではあるものの、昨日の夜に読んで、話したくて話したくて仕方なかったトークテーマの話し相手としては、期せずしてベストなふたりとも言える。

先輩くんは元より知ってそうだし、天才児くんには無視されそうだし、生足くんは興味なさそうだし……、そこへ行くと、このふたりは、知っているはずのないふたりで、その上に反応も期待できるリアクション要員だ。

わたしの博覧強記に震え上がるがいい。

「おいおい、瞳島。いくら俺でも、江戸川乱歩のペンネームの由来が、エドガー・アラン・ポーから来ていることくらいは知ってるぜ」

「そうなのかい？　僕はそれすら知らなかったよ。偉大な作家同士、筆名が似通っているのは美しい運命だと思っていた」

いいねえ、その反応。

わたしの自尊心を満たしてくれる。

改めて性格が悪いと思われるかもしれないが、劣等感を味わうために美術室に日がな一日通っている身としては、たまにはこういう放課後もあっていいじゃないか。

「で、どうだったんだ？　江戸川乱歩訳の『モルグ街の殺人』は。漢字は読めたか？」

「総ルビだったわ——さらっとすごい馬鹿扱いしてくる……、江戸川乱歩訳じゃなかった。名義貸しだった」

当時はよくあったことらしいので、現代の価値観で名義貸しの倫理観について問うべきではない——それを言い出したら、江戸川乱歩というペンネームを、海外の作家と重ねる遊び心も、現代的には問題視されかねまい。推理作家の作品なのだから、読者はしてやられたと思わねば。そうでなくとも、恐れ多くも美少年探偵団なんて名乗ってるわたし達に、その由来をどうこう言う資格はそもそもないのだが——

「一方で、なんで大乱歩はその夢のコラボを、ご自身で手掛けなかったのかなって思うのよね。だって、ペンネームを江戸川乱歩にするくらい、エドガー・アラン・ポーに思い入れがあったわけじゃない。もしもそんな仕事をするチャンスがあったのなら、どんな連載小説を投げ出してでも万難を排して、引き受けるでしょ」

美しい運命と言うなら、まさにそれだ。

いや、まあ、当時の世間はその翻訳小説をそう受け止めたのかもしれないけれど、ご自身のお気持ちとして、ということだ。

「ソーサクともこないだ話してたけど、アートの世界じゃ正確には門下の作品ってのは、珍しくもないことなんだろ？　学者の世界でも、研究や論文を実際に手掛けているのはスタッフだとか——」

天才児くんと話したと言うより、天才児くんに無視されたトークテーマである。なるほど、それなら広い意味で、その翻訳小説も、大乱歩が手掛けたと言っていいわけだし、大きな仕事をチーム江戸川で引き受けたという解釈でいいのだろうか。

「さしもの大乱歩も、フランス語は訳せなかったんじゃないのかい？」

オーギュスト・デュパンは確かにフランスの名探偵だが、ポーはアメリカ生まれの作家だったはずだ——わたしもこんなことを言いながら、原書にあたったわけではないけれど、たぶん『モルグ街の殺人』も、英語で書かれているんじゃないのかなあ。

英語なら訳せるというものでもないが。

学がない割に、推理はするのだ、この団長。

「エドガー・アラン・ポーを江戸川乱歩が訳したら夢のコラボだってのは、誰しも考えることだから、名前を貸してほしいってお願いした名探偵ならぬ名プロデューサーがいたんじゃねえのか？　そういうとき、頼まれた側が『自分でやりたい』って言っても、固辞されることってあるだろ」

あるなー。

わたしごときの経験と照らし合わせるのもどうかと思うが、『頼まれた以上のことはしないで』ってパターンはあるなー……、わたしの場合は、『すっこんでろ』と言われるのだけれど。

第一、大御所に頼むと大ごとになりかねない。

現実的に考察を続けたり、資料にあたったりすると、夢のコラボどころか嫌な現実が見えてしまいそうなので、『美観のマユミ』としては躊躇《ちゅうちょ》してしまう。

「どうあれ、仕事を周囲に任せられるというのも突出した才能だよ。実はなかなかできることではない」

と、リーダー。

「なんでもかんでも自分でやろうとすると手が回らねえし首も回らねえ。名前を貸すことにだってリスクはあるよな。それで至らない作品を発表されたらと思えば尚更《なおさら》だ……、場合によっては評判が地に落ちかねないもんな」

ふむ。言われてみれば、保証人の欄にサインするのと同じ危険性がある。『モルグ街の殺人』に関して言えば、自分よりもエドガー・アラン・ポーに精通しているかたに、翻訳を委《ゆだ》ねたという事情のようだが……。

「推理小説ならば怪人による単独犯の解決こそが美しかろうが、僕は共犯者との信頼関係にこそ、心躍るときもある。全員を疑う名探偵に対し、真犯人は、共犯者や、時に被害者の行動まで信じるのだから、その絆《きずな》は美しいと表さざるを得ない」

集団行動を重んじる団長ならではの見解である。

やはり双頭院学《そうとういんまなぶ》は、伊達《だて》に美少年探偵団のリーダーを務めているわけではないのだ――昔の話みたいに言ったけれど、現代だって、小説はひとりで制作しているとはとても言えない。書いた文章が一冊の本となって書店に並ぶまでに、いったいどれだけの人数がかかわることか。

まして、その小説がアニメ化されるとなると……。

「『モルグ街の美少年』と題された本に収録されるこの文章も、ひょっとするとわたしじゃなくて、アニメ版美少年探偵団のオリキャラが書いているかもしれないわよね」

「不穏な空気を匂《にお》わせて締めるな」

5 『ないものねだりの耽美』

「おのおの美点を前面に押し出してうるわしくも活動していらっしゃる雲の上にお住いのあなたがたではあるけれど、もしも、他にも自分にこんな美点があったら、ただでさえ最高な人生がより最高になるのになって思うような美しさってある?」

放課後の美術室、言うなれば美少年探偵団の事務所において、探偵団の参与であるわたしがうやうやしくもそう問いただした相手は、先輩くんと生足くんの凸凹コンビである——美声と美脚のコンビだ。見方を変えれば、勉強会系と体育会系の二人組とも言える——不良くんが先輩くんのライバルならば、生足くんは先輩くんの天敵である。そこにこんな問題提起をするのだからわたしもノリがいい。

「まるでボクの取り柄が美脚のみであるみたいに言われるのは心外だよ、眉美ちゃん。他にもいっぱいあるでしょ、ボクにもナガヒロにも、美点は。たとえばナガヒロには、婚約者が小学生だっていう美点がある」

「そう切り取ると汚点も甚だしいですね、ヒョータくん。それは美点でも汚点でもありません。親が勝手に決めた婚約者が、たまたま小学生だっただけです」

恒例のやり取りではあるが、そのやり取りが恒例であること自体が汚点である。恐らくアニメ版ではカットされるやり取りだろう。まあしかし、生足くんの指摘が完全に的外れな軽口というわけでもない。中学生にして婚約者がいるというその状況は、つまり『家が裕福』という取り柄である。

「でもお金持ちはお金持ちで、わたし達平民にはない悩みを抱えているはずよね。抱えていて欲しい！」

「怨念《おんねん》が滲《にじ》み出《で》ていますよ、瞳島さん。お金持ちになんの恨みがあるのですか」

「お金持ちはお金持ちなりに、美形は美形なりに苦しんでいるって思いたいのよ、わたしは。むしろ高みにいるからこそわたしよりも悩んでいてほしい」

「コンプレックスが根深いですね。ヒョータくん、慰めてあげてください」

「なんでボクが……、眉美ちゃん。悩んでいるかどうかはさておき、ナガヒロとかソーサクとかみたいなリッチ組は、それゆえに気付けない人生の美しさみたいなのはあるかもしれないよ?」

「ほほう。聞こうか」

「ハラハラどきどきのギャンブル漫画を読んでも、ボクらほど楽しめないんじゃないのかな。『たかが一千万円のために命をかけるなんてありえませんよね』って言ってそう」

「今のはもしかして私の声帯模写《もしゃ》ですか?」

恋愛の達人が恋愛小説を読んでも、共感できないと言うことか。

胸のすく話だな。

「でもそれはそれで、下々がはした金で命を賭《か》けている様子を、咲口《さきぐち》家の皆さんは楽しんでらっしゃるんじゃない?」

「私が一族で賭場《とば》を開催しているじゃないですか。リーズナブル・ダウトじゃありませんよ」

「そうか……、世界の富の九〇パーセントは一〇パーセントの富裕層に握られている、みたいな格差を聞くけれど、それは逆に言えば、お金持ちってマイノリティで、右利き社会における左利きの人みたいな懊悩《おうのう》を抱えているのかもしれないわね」

「スポーツ界では、左利きは重用されるけどねー」

と、生足くんが混ぜっ返す。

わたしの味方じゃなかったのか。

「親がさしてリッチなわけでもないのに、三回も誘拐されたボクみたいな奴もいるし、そう単純でもないよ」

どんなトラウマが潜んでいるかわからないので、その点を今は掘り下げないけれど、だったらその誘拐は、身代金《みのしろきん》目的じゃなかったんじゃないのかな？

「ただ眉美ちゃん、もしもお金持ちが眉美ちゃんに対して、『平民だからこそ楽しめることもありましょう。私は呑気な平民に憧《あこが》れますね。次に生まれ変わったら何の悩みもない平民になりたいものです』とか願望を語ったら、それはそれで業腹でしょ？」

「煮えくり返るね。殺意という新たな悩みを抱えることになる」

「ヒョータくんが私の美声に憧れてくれているのだとすれば光栄ですが、ならばコツとしてひとつ教えたいのは、声帯模写に悪意を込めてはなりません」

「忠実な再現のつもりだったよ。悪意も他意もないよ」

善意も敬意もなさそうだ。

「真面目《まじめ》な話をすれば、私もヒョータくんのような運動神経があればと思うことはありますよ。ないものねだりですがね」

そうなの？

別に先輩くん、体育の授業が苦手そうには見えないけれど……、スポーツが苦手とかじゃなく、もっと運動神経があればオリンピックに出られるのにとか、そういう意味での『ないものねだり』かな？

「いえいえ、意外と体力がない、蒲柳《ほりゅう》の質なのですよ。生徒会の激務も、副会長の長縄《ながなわ》さんのサポートがあって、なんとかこなせているくらいで」

それは、生徒会の激務と美少年探偵団の激務を兼任しているせいでは……、長縄さんにサポートされながら、リーダーのサポートをしつつ、生足くんやわたしの面倒を見ていると言うのだから、そりゃあ体力の消耗も著《いちじる》しい。

何にせよ蒲柳は言い過ぎだ。

「生足くんが声帯模写に憧れていて、先輩くんが運動神経に憧れているって言うのは、不思議なすれ違いだね」

「ボクは声帯模写に憧れているわけじゃないけど、でも、ナガヒロみたいなスピーチ力があったらいいなってのはあるかな？ ほら、ボクって思ったことをそのまま言っちゃうところがあるから、失言が多いんだよ。小学生を口説《くど》けるスピーチ力があればって思う」

「今もしていますよ、失言」

言葉を失います、と先輩くん。

そういうところだな。

「しかし、同じチームのメンバーとして、ヒョータくんが私の代わりに走ってくれているのだと考えれば、私自身が美脚である必要はないとも言えます。その代わり、私はヒョータくんの代わりに、スピーチを務めることができるのですから。後方支援ならぬ広報支援ですね」

「なるほど。わたしがお金持ちじゃなくても、わたしの代わりにお金持ちでいてくれる人がいるってことなのね……、あれ、なんか釈然としないぞ?」

向こうが同じように感じているとは思えないからかしら? もしくは、『この子はお金持ちである私の代わりに貧乏でいてくれるんだね』とか、同じように思われていても、それは搾取の構造であるからかも……、対等感がないから、正当な取引だと感じないのかな?

「眉美ちゃんはこういうことを言われるのが嫌いだったと思うから、これも失言になるかもしれないけれど、ボクは眉美ちゃんの『目』には憧れるけどね。片目と片脚を交換してもいいくらい」

それは過大な評価をいただけたものだが、わたしの目を何かに悪用しようとしてない？片目と片脚というたとえも、なんだかギャンブル漫画みたいだ。さておき、生足くんが前置きしたように、わたしの目を評価されたり、まして美しいと言われたりすることに、昔は強い反発を覚えたものだが、最近はそうでもなくなった。

証左かもしれない、コンプレックスに満ちあふれたわたしが、美少年探偵団の面々と対等であることの。

ないものねだりと言うけれど。

欲しいものは、目の前にある。

6 『眠りの耽美』

「おふたりは今を生きる現代人として、睡眠を重視している？　寝ている時間を、休憩と思ってるのか、それとも休憩以上のご褒美《ほうび》と思っているのか、どっちかな？」

放課後の美術室、言うならば美少年探偵団の事務所において、本日、わたしが絞り出したトークテーマが『眠り』だった——なぜなら、室内にいる美少年二名が、生足くんと天才児くんの、ふたりの後輩だったからだ。

スーパー体育会系の生足くんと、万能アーティストである天才児くん、個々を相手取ってもそうなのに、この二人を前にして、共通の話題などなかなか見つからない——ましてうち一名は、どんな話を振っても、基本的には無言なのだから。

だが、美脚であろうと美術であろうと、少なくとも人間である以上、グラウンドで走ったり作品を作ったりでお疲れになったら、眠りはするはずである。生物学的な分類がどれほど違おうと、そこだけはわたしと共通しているはずだ。

ただ、苦《くる》し紛《まぎ》れの提案ではあったが、実のところ、これはあふれんばかりの才能を持つ彼らにとっては、案外、大切な議論かもしれない——ナポレオンは一日に二時間しか寝ていないとか、歴史上の偉人にはショートスリーパーが多いとか。中学生であるわたし達は成長期なので、とりわけ誰しも睡眠は取れるだけ取ったほうがいいくらいだが、中でもずば抜けた彼らは、どんな風に眠っているのだろう?

「そう言えば、わたしはこのふたりが寝ているところを見たことがない——」

「あるでしょ。ボク、よく寝てるよ、この美術室で。部活で疲れたりしたとき。あそこの天蓋《てんがい》付きベッドで」

そうだった。天使長の寝顔だった。

そのためにあるベッドと言っても過言ではない。

「天才児くんは？　いつ寝てるの？」

不眠不休で制作に熱中するという熱いタイプには見えないが、きちんとスケジュールを練って、コンスタントに作品作りをするというタイプにも見えない。流れで答えてくれるかと思ったが、当然のごとく無視された――もしかしてわたしのことが見えていないのかな？　無だと認識している、わたしを？

「天才児くんなんて呼びかたをしているから無視されてるんじゃないの？　ものすごく馬《ば》鹿《か》にしている印象があるもの。ソーサクが天才児だってわかった上で馬鹿にしている傲慢《ごうまん》さを感じる」

それは手痛い指摘だが、言わせてもらえれば、わたしが天才児くんと呼ぶ前から、この子はわたしのことを無視していた。あと、この子は裏でわたしのことを『まゆ』呼ばわりしている事実も付け加えておこう。

「ボクだって時間がかかったよ、眉美ちゃんから生足くんって呼ばれることを受け入れるまで」

そうか……、こうやって知らないところで嫌われていくんだな、わたしのような人間は。

「ソーサクも普通に寝るよ。泊まり込みになったときとか。むしろ普通より睡眠時間が長いほうなんじゃないの？」

　己の浅ましさに気付きつつあるわたしが可哀想《かわいそう》になったのか、天才児くんの睡眠事情に関して、生足くんが代弁した——なるほど、才能にあふれているからショートスリーパーだと言うのも、左利きは天才だと言うのと同じくらいの偏見か。

　なーんだ、わたしのような不審人物がいるそばでは、神童は迂闊に眠ったりしないというだけのことだったようだ、納得である。

「わたしなんてどこでだって平気で寝るけどね。電車の中でも、路上でも」

「眉美ちゃんはもう少し危機感を持ったほうがいい気もする」

　生足くんに言われたらおしまいである。

　さておき、寝ているときが無防備なのは、どんな人間でも、どころかどんな生物でも同じだ——睡眠は生きる上で不可欠の休息タイムではあるが、同時に、もっとも警戒の欠かせない時間でもある。

　逆に言うと、生足くんが天蓋付きベッドで天衣無縫な半裸で眠っているのは、それなりに不審人物であるわたしのことを信用しているからという事実を示しているのかもしれない。

「眉美ちゃんが最初に言った『眠るのがご褒美』って考えかたは、起きているときに相当頑張った人間のものだよね」

日曜日は夕方まで惰眠を貪《むさぼ》っているわたしを、ここに来て暗に批判しに来たのだろうか
——運動する人間にとっては、寝ている時間にこそ、筋肉が成長するなんて話もあったっけ。

食べることも眠ることもトレーニングの一環という考えかただ。

「確かに、生きていること自体が休憩みたいなわたしは、普段から起きてても寝ているようなものなのかもしれない。寝ぼけたことばっかり言ってるもんね」

「自虐がすごいね。寝てないいんじゃない？」

「今はウェアラブルで、睡眠を管理したりするよね？　九十分間隔でレム睡眠のときに目覚めるようにアラームを鳴らしたり。ああいうのは生足くん、やってないの？」

「寝ているときは腕時計は外したい派かなー。できるだけ何も身につけずに寝たい。一度そのベッドですっぽだかで寝たことがあるけれど、それはナガヒロにマジのトーンで怒られて以来、さすがにやめた」

美声のマジのトーン。

聞いてみたかった……、いや、いずれはわたしも彼の逆鱗に触れて、聞くことになりかねないから、余計なことは言うまい。ベッドですっぽだかで寝たら聞けるということだけ

覚えておこう。

「天才児くんはどうなの？　わたしは何も考えずに生きている人間だからそういうのはないけれど、クリエイターがアイディアの着想を得るのは、ペンもメモも持たないベッドの中で眠る直前だっていうのは、よく聞く話じゃない」

無視されるとわかっていて話を振り続けるわたしもなかなかの根性だが、もちろん返答はなかった——よかろう、ならば本日のスポークスマンに答を聞こう。

「ボクはベッドに転んだら秒で寝ちゃうから、何かが閃《ひらめ》くってことはないかなあ。夢の中でお告げを聞くみたいなこともないや」

それはまた別の話のような……、いや、でも、夢で見た風景を作品として描く画家も、結構いるわけだし。寝ているときに見る夢は、脳が情報を整理している『お片付け』の様子だとする説もあるが、だとすると、己の無意識、潜在意識を探る意味でも、睡眠は重視されるべきである。

「夢に女の人が出てきたら、その女の人が自分のことを好きだからっていう展開、源氏物語だったかにあったよね」

「聞くだに恐ろしい解釈だわ」

お姫様をキスで目覚めさせるなんてのも、ロマンチックだけれど、深掘りするとなんだか怖い話である——美少年ふたりを相手に、『どういう風に、いつ寝るの?』なんて聞くのは、なんらかの犯行計画を練っていると疑われても仕方なさそうだった。

「じゃあ生足くん、締めをお願い」

「ボク? えーっと、どうせ人間、いつかは永眠することになるんだから、そのときに、それを『休憩』ではなく『ご褒美』だって思えるように、生きてる間は目を開いて、精一杯生きなくちゃね」

「その意見、目どころか悟りを開いてない?」

眠りの話にしては、覚醒《かくせい》した締めだった。

7 『志望動機の耽美』

「ねえねえリーダー、よかったら教えてほしいんだけど、生足くんっていったいどういう経緯で美少年探偵団に加入したの? 詳細を知りたい」

放課後の美術室、言うならば美少年探偵団の事務所において、室内にいるメンバーがわたしとリーダー、そして生足くんの三人きりになった絶妙のタイミングで、わたしは質問した——質問した相手は双頭院くんだったが、「え、ちょっと待って、眉美ちゃん」と、反応が早かったのは、さすがはスピードの美脚、生足くんだった。

「『よかったら教えてほしいんだけど』程度のニュアンスで訊くことかな、それ？　しかもこんなショートショートで。こんな百メートル走で。ボクの経緯に興味があるのかないのか、ジャッジしかねるよ」

「いや、興味はあるのよ。津々《しんしん》よ。だって、言ってしまえば先輩くんと不良くんがこのチームにいる理由って、なんとなく予想がつくのよね」

なにせ、生徒会長と番長である。

それぞれの立場では、立場上なかなかできないトラブルへの対処を、美少年探偵団という隠された中立地帯の秘密組織に加入することによって可能にするという実際的なメリットもあるし、なによりこの美術室でのみ、表のトップと裏のトップが結託できる事実に関しては、損得では計り知れない。

「天才児くんもわかる。指輪学園の事実上の理事長とも言われる、しがらみにとらわれまくったあの財団の後継者が、この美術室でだけは自由に芸術活動に興じられるんだから。探偵団のパトロンという立場も、趣味と実益を兼ねていると言えるわよね」

天才児くんの一番の理解者であるわたしはそう語り、しかしそこで首を振る。

「でも、生足くんだけは、美少年探偵団に加入する動機が、どうも見当たらないのよ。この『美観のマユミ』の目を以《もっ》てしても。走るのが好きなら陸上部でいくらでも走れるわけだし、揉《も》めごとやトラブルが大好きってタイプでもなさそうだもの」

「そうだね。ボクが好きなのは女の子だけだ」

そういうところも異端なんだよな。

なまじ、天使長みたいに見目麗しくていらっしゃるから、美少年探偵団のマスコットキャラクターみたいなポジションだと思いがちだけれど、特に美術への造詣《ぞうけい》が深いわけでもないし……、女の子が好きなら、入る団体はここではなかろう。わたしも紅一点ってタイプじゃないし。

「美術への造詣の浅さは、眉美ちゃんとどっこいどっこいでしょ」

「仲間の首を切るようなことはしたくないけれど、正当な手続きを踏んでメンバーに加入しているんじゃないのであれば、わたしが調査委として、難しい決断をしなくちゃならない」

「あとから入ったメンバーなのに権限が強い……、うーん、話していい？ リーダー？」

「ヒョータがいいと思うなら、教えてあげればよかろう」

団長からの鷹揚《おうよう》な返答を受けて、「別に隠していたわけじゃないけど」と、生足くんは語り始める――ん、生足くんの事情なのに、語るのにリーダーの許可がいると言うことは？

守秘義務が課されるのは探偵団ではなく、依頼人側――

「お察しの通り、元々依頼人だったんだよ、ボクは。眉美ちゃんと一緒のパターンで、依頼人からメンバーに加わったって形。そういう意味じゃ、先代の団長からスカウトされた、ナガヒロやミチルやソーサクとは立場が違うね」

「ははあ……、じゃあ、つまり過去に三回誘拐されたって事件のうち一回が、それなんだ。誘拐被害に遭った生足くんを、みんなが一致団結して助けてくれたんだね。わたしとおんなじで、その恩義に感動して仲間になったんだ」

「あれ？　眉美くんは恩義に感動して仲間になったんだっけ……？」

疑うことを知らないはずの団長から、わたしの美化された思い出に疑義が呈されかけたが、しかしすんなり納得しかけたわたしに、「違う違う。ボクが誘拐されたのは、入団とは無関係」とのことだった――事件簿とは無関係に誘拐されているのか、この子は。

波乱万丈である。

「ボクの両親が離婚したって話は前にしたよね？　それに際してボクは、美少年探偵団に依頼したんだ。この離婚はどっちが悪いのか調べて欲しいって。どっちについていけばいいのか、わからなかったから」

しっかりとした探偵への依頼！

いや、そんな風に突っ込むのも憚《はばか》られる――その案件をギャグとして扱える腕はわたしにはないよ。

「どろどろの離婚劇だったから。ボクの親権を獲得したほうが勝ち、みたいな争いになっちゃって。とんだビーチフラッグだったよ。ボクじゃ決めきれなかったから、いっそ公平な第三者に決めてもらおうと思って、噂《うわさ》の美少年探偵団に依頼したってこと」

「はっはっは。思い出すなあ。ヒョータが『ボク、美形って嫌いなんだよね』と言いながら、この美術室の扉を叩《たた》いたあの日のことを」

わたしと同じことを言っている。

そりゃ失笑を浴びるわ。

「ただ、明らかに美形が言ったほうが面白い台詞《せりふ》だわ……、パフォーマーとして恥ずかしい」

「そこで恥じ入られても。結局、ナガヒロやミチルに調査してもらって、いい悪いじゃなくて、両親はともにろくでもないって調査結果が発表されたので、ボクは家を出ることにしたんだよ」

「家を出たの？」

「フラッグとして、一応の公平性を担保するために、親権は裁判で母親が獲得した分、ボクは今は、父方の祖母の家で暮らしているってわけ。ボクがおばあちゃんっ子っぽい理由がわかったでしょ?」

おばあちゃんっ子っぽいと思ったことはなかったが、思わぬこぼれ話が聞けてしまった——どう考えてももう撤退したほうがいいが、美少年探偵団の第三則が、わたしにそれを許さない。

探偵であること。

「その調査結果を受けて、生足くんはなんで美少年探偵団に入ろうって思ったの?」

別に、そんな喧嘩両成敗みたいな調査結果の責任が美少年探偵団にあるわけではないけれど、しかし逆恨《さかうら》みされかねない、美しさの欠片《かけら》もない真実である——依頼人からメンバーになったという点では確かにわたしと同じパターンではあるが、感動の要素は今のところ、ない。

「簡単だよ。この美術室が、ボクの知るどこよりも、家っぽかったから」

「家っぽかった——」

「父親とも母親とも家族じゃなくなったボクだけれど、この美術室で、団長やナガヒロやミチルとソーサクとなら、家族になれるって思ったんだよ——今は眉美ちゃんともね」

8『バンドの耽美』

「バンド組まない？」

放課後の美術室、言うなれば美少年探偵団の事務所において、先輩くんと天才児くんという、賢いチーム（または上品チーム、高貴チーム、瀟洒《しょうしゃ》チームでもいい）のふたりを前に、わたしが練りに練った提案がそれだった——雄弁と無口、先輩と後輩の二名を前に、逆に普通ならば、どれだけ血迷っても出てこない発想である。

「バンドですか。いいですね」

乗り気なのかよ。

すぐさま却下しろ、こんな捨て案。

「ソーサクくん。早速楽器を作ってください。リーダーの体格に合わせた、オリジナルデザインのヴァイオリンを」

天才児くんも無言のままで立ち上がる——立ち上がらないで？

きみも乗り気なの？　そんな物静かなのに。

と言うより、楽器を作るという新境地に踏み出すことが、天才児くんの創作魂に火をつけたのかもしれない……、まったく、アーティストというのは、どこでスイッチが入るかわからないな。

わたしの戯言《たわごと》からインスピレーションを得るなよ。

「リーダーはヴァイオリンなんて弾《ひ》けないでしょ。大変なんでしょ？　あの楽器を演奏するのって」

「たとえ弾けなくても絵になるでしょう」

「バンドが絵になってどうするのよ」

音にならなきゃ。音が鳴らなきゃ。

ヴォーカル担当は、もちろん『美声のナガヒロ』だろうか？　少なくとも『美術のソーサク』ではなかろう。

「それは難しいところですね。私が、と言うより、美声が必ずしもヴォーカルに相応《ふさわ》しいかと言われれば、そうとも限らないのが現実でしょう。厳しい業界ですよ」

スピーチと声楽は畑が違いますからねえ、と先輩くんは謙虚なことを言う。リーダーをさしおいてマイクは握れないという姿勢かもしれないが。

ただし、歌手が受けるヴォイストレーニングが、総じて『いい声』を目指しているかと言えば、そういうわけでもあるまい——歌うと言うのは、自分の肉体を楽器にする行為だものな。

合唱コンクールの際、先輩くんから指導を受けるに当たって、そんな話をしたような、していないような——しかし、あれはちょっとイレギュラーな事情もあった。わたしが習ったのは声帯模写の範疇《はんちゅう》だ。

「でも、スピーチに似た説得力って、歌にもありません？　歌で気持ちを伝えられたら、普通に語られるよりも響いちゃうって感じ……、百人一首で読まれる短歌も、そもそもはそうだったのかしら。つまり、アカペラみたいなもので」

「百人一首をアカペラとは」

とんだミュージカルもあったものですね、と、先輩くん——天才児くんは、既に楽器製作に取りかかっていた。糸鋸《いとのこ》で。わたし達の美少年バンドがアカペラになったら、完全に無駄になる美術班の労働である。

「スピーチでも抑揚《よくよう》やリズムが大切なのは否めませんし、文学にしたって、センテンスの区切りかたや韻の踏みかたで、味わいが変わってくるのも確かです。更に言うなら、ヴォーカル不在のインストルメンタルでも、メッセージは伝わるわけですからね」

「歌詞で想《おも》いを説明するなんて邪道だってスタンスか……、先輩くんっぽい」

「何か言いましたか？」

いえ何も。

説明するなんて邪道ですよ。

しかし、天才児くんをヴォーカルに据えておいて、インストルメンタルを決め込むというのも前衛的な施策である——バンマスのメンタルが試される。

「翻訳できなくても、洋楽を聞いたりするもんね。むしろ意味がわからなくって、何を言ってるかわからないほうが楽しめたりもする。そう考えると言葉っていうのも不思議だよね。おんなじ台詞を言っても、リズムやニュアンスでぜんぜん違う意味になったりするし」

「それを言ったらクラシックの名曲とて、誰しも同じ楽譜を用いて演奏しているはずなのに、決して同じハーモニーを奏《かな》ではしません。アレンジを嫌い、演奏者や指揮者が同じだったとしても、独自性の変化は避けられないのです」

使う楽器にもよるだろうし、演奏するホールにもよるだろう——意図しない意図が伝わってしまうのも、スピーチと同じと言える。誤解や曲解も避けられない。

「でも、ずるいと言えばずるいですよね。メッセージを伝えようと言うときに、そういうテクニックを弄するって。いえ、これは別に、痛烈な先輩批判をおこなっているのではなく」

「おこなっているでしょう。痛烈な先輩批判を。生徒会長批判を。副団長批判を」

「そうやっていい声でわたしを責め立てますけれど、わたしの感受性を刺激することで騙そうとしている感じが否めません。言質《げんち》を取って自白を迫る探偵みたいで、その話芸は暴《あば》くべき真相とは関係なくないかなって思いません？　誰がどんな風に謎解《なぞと》きをしても同じ真相にならないと、それは真相とは言えないでしょう。頭脳明晰な探偵にしか解けない謎を、どうやって裁判で立証するんですか」

同じように、誰がどんな楽器で演奏し、どんな声で歌っても同じメッセージが届かないと、メッセージが強いわけではなく、技術が秀でているだけのことになってしまう。

「スピーチにせよ歌にせよ、技術が秀でていることと、内容の正しさには関係がないわけで……、そこをごっちゃにすると、ミスリードに引っかかりますよね。受験やら就職活動やらで、面接をクリアするために、どんどん自分からは程遠い人物を演じ始めるような……、感動必至の大作映画に登場している人物が、よく考えたら、全員で嘘《うそ》を演じているようなものです」

「音楽のための音楽を絶対音感ならぬ絶対音楽と言いますが、スピーチのためのスピーチや推理のための推理に惑わされてはならないと、そういうことですか？」

「そういうことです」

リズムで相槌《あいづち》を打ってしまったが、どういうことなのだろう？　わたしはただみんなとバンドが組みたかっただけなのに、むしろBGMに騙されるなみたいなトークへと着地しつつある。

そしてそもそもバンドを組みたかったわけでもない。

「黒板を引《ひ》っ掻《か》いたような不協和音でも胸を打つような強いメッセージならば、それこそが真実だってことなのかしら」

「危険な思想ですよ。綺麗事《きれいごと》より不快な闇《やみ》こそが真実であると結論づけるのは」

価値のある真実を美しく彩《いろど》るのは、我々の義務であるように思います――と、先輩くんはまさしく美声でまとめたのだった。

ちなみに天才児くんは、リーダーのヴァイオリンのみならず、メンバー全員分の楽器を勢いで作ってくれた――わたしの分は木琴《もっきん》だった。

これはどういうメッセージ？

9　『将来の夢の耽美』

「わたしは『宇宙飛行士』っていう将来の夢を、十四歳の誕生日と共に諦《あきら》めたわけだけれど、どうなの？　リーダーや先輩くんは、責任ある団長や副団長として、将来の夢を持っていたり、諦めたりしたものなの？」

放課後の美術室、言うなれば美少年探偵団の事務所において、わたしはツートップのふたりに、素朴な疑問を投げかけた――『夢を持つことは美しい。同様に夢を諦めることもまた美しい』と、わたしを喝破してくれたリーダーや、その腰巾着《こしぎんちゃく》である先輩くんは、しかしその言葉を体現しているのだろうか。

要するに『他人事《ひとごと》だと思って適当なアドバイスをしていないだろうな？』というチェックである。

「当たり前だとも！　将来の夢を持ってこその少年だからね！　少年の少は、将来の将だ！」

違いますよ、リーダー。

「ちなみに僕の将来の夢は名探偵だね！　今は美少年探偵だが、いつか名探偵になってみせるというわけさ！　はっはっは！」

美少年探偵が進化すれば名探偵になるのだろうか？　ぜんぜん違うジャンルのように思えるけれど……。今歩んでいる道がちゃんと将来に通じているかどうかって、計りかねるところがあるよね。

「なるほど、さすがは我らがリーダー。惚《ほ》れ惚《ぼ》れするヴィジョンですね。それに比べて私の将来の夢は——」

「あ、先輩くんのはいいです。そう言えば知ってましたから。ほら、確か小学生と結婚することですよね？」

「違います。それは親が勝手に決めた将来の夢です、もとい、将来の結婚相手です」

大丈夫？　危険な『もとい』だったけど。

少年の少が、小学生の小になってない？

「とは言え、いわゆる少年少女期の夢が、親によって定められるとは言わないまでも、親によって誘導されることが多いのは事実ですね。幼《おさな》い頃に通うお稽古《けいこ》ごとは、大抵の場合、自分でコースを決めているわけではないでしょうから」

「それは言えている」

わたしの場合は、親に反対される『将来の夢』だったけれど（深刻な不仲になった）、逆のケースも多々あるわけで、それってどういう感じなんだろうと思うと、あながち羨《うらや》ましがってばかりもいられない。

「自分の夢を子供に託す親もいるわけだし。家業である場合もそうなのかしら。小さい頃から続けていると、物心つく頃には抜き差しならない状況になっていることもあるでしょうね。自我が芽生《めば》える頃には、なまじ身についちゃって、今更コースの変更が利かなくなっていたりすると、別の人生もあったんじゃないかと思わずにはいられないのかな」

夢を諦めることが美しいと言うのは、そういう意味でもあるのかもしれない。諦めたくても諦めきれない夢と言うのは、ある意味では呪縛《じゅばく》なのだから。その『呪縛』という点に関してのみは、わたしが十年間、体感したことである。

自縄自縛。

「夢って、突き詰めていくと現実味が出てくるものね。わたしの場合は夢うつつだったけれど、たとえば生足くんなんて、将来のオリンピアンという夢に、今のコースは直結しているわけじゃない」

「ヒョータくんの将来の夢がオリンピアンかどうかはわかりませんよ。あの子は美脚のメンテナンスのために日々駆け回っているきらいがありますので」

そうなの？　そんな姿勢で陸上部のエースなの？

どんなクラウチングスタートだよ。

「将来の夢も多様性があってしかるべきですからね。親が子供の夢を勝手に決めることに関してネガティブみたいに言いましたけれど、視野を広げることはとても重要です——自分の知識を増やさないと、将来の夢と言いながら、知っている範囲の夢しか見られませんから」

宇宙飛行士というのも、思えばわかりやすい目標だった——夢を倍率や競争率で考え始めるのも夢のない話だが、世界がいろんな職業でできていることは知っておいたほうがいい。

親が勝手に決めてくれたからこその小学生のフィアンセである。

もっとも、視野が狭いことや、視野を狭められることで見えてくる道もあるのだから、これも一概には言えない。

「天才児くんなんかは、親に進路を決められているほうよね。どうなんだろう、教えてくれないから、と言うか、喋ってくれないからわからないけれど、本来は不確定なはずの未来が、ほとんど完全に決定されているっていうのは、どういう気分なんだろう」

「ソーサクはあれで結構、自由にやっていると思うがね。未来について考えずに済む分、今に殉じられる」

リーダーの目配りは、わたしとはまた違った。

確かに、先のことばかりに目を奪われて、今現在がおろそかになってしまうというのも、またちょっと違う。

「そこへ行くと、不良くんは……、まあ、ないか。彼に、将来は」

「酷いことを言っていますね」

宿命のライバルを、さすがにフォローするように、先輩くんは「ミチルくんは将来と言うより過去を生きているところがあります」と付け加えた。

「不良くんは少年でありつつも、老成しているところがあるわよね。大人感がある。それは未来の夢ではなく、過去の夢に囚《とら》われているからなのかしら。わたしが解放してあげるしかないのかな」

「なんなんですか、あなたはミチルくんの。親でも言わない台詞を」

「僕に言わせれば、夢を見ることと夢を叶《かな》えることはまた別なのだよ、瞳島眉美くん。夢を叶えたからと言って、もう夢を見られなくなるわけでもない。僕は今、将来の夢を少年の特権のように語ったが、さりとて大人が夢を見て悪いというわけではないしね！」

大人が夢を見て悪いというわけではない——誰かのことを想定して言っているのだろうか。『夢』という言いかたをしないだけで、大人だって目標に向かって努力はしよう。子供に夢を託してばかりではない。

「でも、どうかなー。大人になったとき、将来の夢を持っているかな、わたしは」

宇宙飛行士という夢を諦め、新しい夢を持たんとするためにこの美術室の扉を叩いたわたしではあるが、たとえば十年後、二十四歳になったときに、まだ夢や希望を語っていられるかと言えば……。

「いけない。このままでは将来の夢が『将来の夢を持つこと』になってしまう。そんな悪夢はないわ」

うつし世は夢、夜の夢こそまこと。

美しい夜であればこそ、ままごとならぬまことの夢が見られる。

「他人の夢の話ほどつまらない話はないと言うけれど、他人に語れる夢を持つというのは大切だものね」

「うむ。いつか聞いてみたいものだ、眉美くんの夢の話を」

僕の推理によれば、それはそう遠い話ではないだろう。

と、リーダーは正夢のように予言するのだった。

10 『誕生秘話の耽美』

「これは生物学的に深い意味を持つ質問だし、個人のプライバシーにも踏み込むデリケートな話題なんだけれど、美少年探偵団のメンバーにその名を連ねる者として、訊かずにいることはわたしの知的好奇心が許さないの。ねえリーダー、生足くんと天才児くんって、学年は一緒だけど、誕生日的にはどっちが年上なの？」

放課後の美術室、言うならば美少年探偵団の事務所において、わたしは双頭院くんにアンサーを求めた——ちなみに室内にいるのが、リーダーとわたしのみと言うことはなく、部屋の一隅では話題のふたりのうち一名である指輪創作くんが作業をしているのだが、彼はわたしにまったく興味を持っていないのでその点は問題ない、悲しいことに。

「ほう。あのふたりの誕生日が気になるとは、さては眉美くん、後輩のサプライズパーティでも計画しているのかな？」

「うん、まあ、そんな感じよ。わたしが幹事よ」

誕生日を知りたいのは、どちらが年上なのかによって後輩達への接しかたが変わってくるからだが、そんな醜《みにく》い心情を、まさか小五郎《こごろう》の前では披露できない。

なんてことだ、パーティの幹事を務めることになってしまった、しかも二件も。

「ただ、僕はあまり気にしたことがなかったな。僕の美少年探偵団は履歴書を提出しなければ入団できない組織でもないのでね——ソーサク、お前の生年月日は？」

わたしのことはガン無視する天才児くんも、さすがにリーダーからの呼びかけには反応する——しかし、反応するだけで、何も言わないことに変わりはない。

「ふむ。六月十六日だそうだ」

「言ってないでしょ？」

「表情から推理した」

天才児くんの誕生日、六月十六日（推定）と……、比較的早めだね。じゃあ、生足くんのほうが年下なのかな？　備える愛嬌《あいきょう》からすると、そんな風にも見えていたけど……、年上のほうを重用しないといけないから、これからは生足くんとは距離を置いたほうがいいか。生足くんの生足とは。

「生々しいことを考えていないかい？　眉美くん」

「ぜんぜん？　焼きが回っているくらいよ。わたしの表情は読まないでね、リーダー。続いて生足くんの生年月日は？　なんとなく十二月くらい？」

「ソーサク」

生足くんの誕生日を天才児くんに訊くリーダー——もちろん答は、口頭では返ってこない。そもそも天才児くんは把握しているのかな、生足くんの誕生日を……、同じ学年で同じクラスとは言え、表舞台では接点はないはずだし。

「四月二日だそうだ」

「何そのキャラの立った誕生日。適当なことを言ってない？」

リーダーが適当なことを言っているのか、天才児くんが適当なことを言っているのか、そんなあからさまに印象的な誕生日は受け入れがたいものがある。
四月生まれって……、運動能力の高い学童らしいっちゃらしいけれど、それが適当では
なくて本当なら、天才児くんよりも生足くんのほうが年上なんだ。もっと生足くんのほう
を可愛がらなきゃ。
「適当と言えば適当なのかもしれない。と言うのも、ヒョータは出生届の提出が諸事情あ
って数年遅れたそうだから、生年はともかく、誕生日は割と適当に決められたので」
「あれ？　怪談が始まってる？」
「父親が四月二日派で、母親が二月二十九日派だったそうだが、うるう年ではなかったの
で、このバトルは父親が制した。禍根を残し、それが後年の離婚に繋《つな》がったのだと、ソー
サクは言っている」
そんな複雑な家庭の事情を、表情だけで伝えたの？
出生届という書類はともかく、誕生日はわかるんじゃ……、少なくとも母親にはわかる
んじゃ。その母親が、うるう年でもないのに二月二十九日という主張をしていた点に、根
深い闇を感じざるを得ない。
わたしは自己都合で、なんてパンドラの箱を開けてしまったのだ——ともかく、生足く
んの誕生日は四月二日（書面上）とな。

わたしが密《ひそ》かに滅入《めい》っていると、「眉美くん」と、気分を察されることなく呼びかけられた。

「ソーサクからの逆質問があったぞ。そう訊く眉美くんの誕生日はいつなのかと」

「なんで知らないのよ。最初の事件でがっつりクローズアップされたでしょ、わたしの誕生日は」

「同じ学年のミチルとどっちが年上なのか知りたいと言っている」

実は先輩への接しかたを悩んでいるのだろうか。

わたしから見ると、まばたきひとつしない無表情なのだが……、そこもそこでパンドラの箱と言うか、わたしと不良くんのどっちが年上かは、はっきりさせないほうが望ましいと思っていたのだけれど。

「まあでも折角の機会だし、それも訊いておこうかしら。不良くんの誕生日は、何月何日？　誕生日なんてなさそうだけどね、あいつは」

わたしが十月十日生まれなので、そう悪いギャンブルではないはずだ。あの態度の悪い男に、より強い角度からマウントを取れる可能性を、賭博師《とばく》として無視できない。

「八月二十八日だそうだ」

「終わった！　関係性が変わる！　媚《こ》びへつらわなくちゃ！　これからは不良くんじゃな

くて不良さんって呼ぼう！」

「不良さんって。と、ソーサクが突っ込んでいる」

「突っ込んでる？　指輪財団の後継者が、わたしごときの卑屈なボケに？」

「まゆ追従だと突っ込んでいる」

「誰がまゆ追従だ。阿諛《あゆ》追従みたいに言うな、表情で」

「そして、ソーサクいわく、ナガヒロの誕生日は……」

「あ、あの人の誕生日は別に興味ないです」

どうせ年上なことに間違いはないのだし、聞いても忘れるから聞かなくていいや。彼もまたわたしの誕生日には興味がないでしょう、生年の時点で、小学生の誕生日じゃないんだから。

変に知って、プレゼントを欲しがられても困るしね。

「ところで、リーダーは何月何日生まれ？」

と、そこで思いついて、わたしは小学生の誕生日を訊いた——リーダーの誕生日をついでみたいに聞くのは忠誠心不足だと言われても仕方ないが、なにも先輩くんに張り合ったわけでもない。

小学五年生にしては育っているほうだし、もしかしたらリーダーこそが四月二日生まれなんじゃないかと思うと、気になってしまったのである——そもそもトップの長が小学生である時点で、このチームに年功序列など、採用されるはずもない。

「ふむ。ソーサク。僕の誕生日は？」

「自分の誕生日すら不確かなんだ……、大物だなあ」

呆《あき》れるわたしをかたわらに、リーダーは例によって天才児くんの表情を読み取る——一歩距離を置いたようなポジション取りをしながら、仲間全員の誕生日（わたしを除く）を把握していた天才児くんもなかなかのものだが、無言のやり取りを経《へ》て、「そうか。そうだったのか。それは意外な真相だね」と、リーダーはわたしに向き直る。

意外な真相って何？　誕生日に意外とかあるの？

「なんと僕の誕生日は」

双頭院くんは真相を語る。

「本日だそうだ。『モルグ街の美少年』の発売日」

それはめでたい。

パーティの準備だね。

Bishonen Tanteidan

美少年探偵団団員名簿

極秘

Members List

美学のマナブ

双《そう》頭《とう》院《いん》学《まなぶ》

Manabu
Soutouin

No. 1

美少年探偵団団員名簿

名前	双頭院学
称号	美学のマナブ
ニックネーム	**リーダー**
役職	団長
誕生日	5月14日
クラス	5年A組
部活動	帰宅部
血液型	AB型
身長	151cm
体重	40kg
3サイズ	72・60・70
股下	75cm
足サイズ	23.0
家族構成	父・母・兄
視力	右2.0左2.0
美しい紅茶	アッサム
美しいメニュー	トルコ料理
美しい色	ブルー
美しい映画	のび太のパラレル西遊記
美しい教科	国語
美しい芸術家	江戸川乱歩

美声のナガヒロ

咲《さき》口《ぐち》長《なが》広《ひろ》

Nagahiro
Sakiguchi

No.2

名　前	咲口長広
称　号	美声のナガヒロ
ニックネーム	**先輩くん**
役　職	副団長
誕生日	12月21日
クラス	3年A組
部活動	生徒会執行部
血液型	A型
身　長	172cm
体　重	54キロ
3サイズ	84・67・85
股　下	86cm
足サイズ	27.0
家族構成	父・母・弟
視　力	右1.5左1.2
美しい紅茶	イングリッシュブレックファースト
美しいメニュー	フレンチ
美しい色	グレー
美しい映画	マンマ・ミーア！
美しい教科	全教科
美しい芸術家	シャガール

美食のミチル

袋《ふくろ》井《い》満《みちる》

Michiru
Fukuroi

No.3

名前	袋井満
称号	美食のミチル
ニックネーム	**不良くん**
役職	給仕
誕生日	8月28日
クラス	2年A組
部活動	帰宅部
血液型	B型
身長	173cm
体重	56kg
3サイズ	86・69・88
股下	87cm
足サイズ	27.0
家族構成	父・母・姉・妹
視力	右1.2左1.5
美しい紅茶	アールグレイ
美しいメニュー	すべて
美しい色	レッド
美しい映画	南極料理人
美しい教科	家庭科
美しい芸術家	北大路魯山人

美術のソーサク

指《ゆび》輪《わ》創《そう》作《さく》

Sousaku Yubiwa

No.4

美少年探偵団団員名簿

名　前	指輪創作
称　号	美術のソーサク
ニックネーム	**天才児くん**
役　職	美術班
誕生日	6月16日
クラス	1年A組
部活動	理事運営部
血液型	A型
身　長	160cm
体　重	48kg
3サイズ	75・65・63
股　下	80cm
足サイズ	26.0
家族構成	父・母
視力	右1.0左1.0
美しい紅茶	ダージリン
美しいメニュー	イタリアン
美しい色	ブラック
美しい映画	ダ・ヴィンチ・コード
美しい教科	美術
美しい芸術家	ダ・ヴィンチ

美脚のヒョータ

足《あし》利《かが》飆《ひょう》太《た》

Hyouta
Ashikaga

No.5

名　前	足利飆太
称　号	美脚のヒョータ
ニックネーム	**生足くん**
役　職	体力班
誕生日	4月2日
クラス	1年A組
部活動	陸上競技部
血液型	O型
身　長	162cm
体　重	50kg
3サイズ	75・65・69
股　下	81cm
足サイズ	26.0
家族構成	祖母
視　力	右1.5左1.5
美しい紅茶	セイロン
美しいメニュー	肉料理
美しい色	ゴールド
美しい映画	シン・エヴァンゲリオン劇場版𝄇
美しい教科	体育
美しい芸術家	ミケランジェロ

美観のマユミ

瞳《どう》島《じま》眉《まゆ》美《み》

Mayumi
Doujima

No.6

美少年探偵団団員名簿

名　前	瞳島眉美
称　号	美観のマユミ
ニックネーム	**クズ**
役　職	語り部
誕生日	10月10日
クラス	2年B組
部　活	帰宅部
血液型	AB型
身　長	155cm
体　重	45kg
3サイズ	74・58・72（男装時）
股　下	76cm
足サイズ	23.5
家族構成	父・母・兄
視力	右100.0左100.0（裸眼時）
美しい紅茶	泥水
美しいメニュー	和食
美しい色	パープル
美しい映画	JOKER
美しい教科	公民
美しい芸術家	指輪創作

あとがき

創作上の名探偵に対して抱く憧れみたいなものの正体ってなんなのだろう？　と突き詰めると、やはりストーリーにおける特権的な立場がそう思わせるのではないかという結論に近付いていきます。事件や犯罪に対する第三者的な立ち位置と言いますか……、一人称視点でも三人称視点と言いますか。ある種スーパーヒーローの立場から、多くは依頼を受けて、つまり『頼まれて』トラブルの解決に挑むというのは、そう言ってよければ、安全なポジションとも言えます。これがやはり直接的な関係者だったり、または警察官だったりとなると、肌で感じる命の危険があるわけであって……、よく『名探偵と一緒に旅をすると、殺人事件に巻き込まれ、最悪の場合殺される』なんて言いますが（このフレーズを僕くらいよく言ってる者も珍しいかもしれませんが）、裏返して見れば、意外と名探偵本人とその周辺の安全は確保されていると言えなくもないのかもしれません。『知的好奇心に基づいて怪人と対決する』というのも、身の破滅をかけている怪人側に対して、あまりに失うものがないと言うか、娯楽感の象徴みたいな気もします。怪人にしてみれば、『お前の精神のほうがよっぽど怪人だろ』と反論したいところなのでは。そうなると名探偵に憧れていると言うよりは、絶対的な立場から、他人のミスを、しかも公衆の面前で『さて』とか前置きをしてあげつらいたいという暗闇めいた願望と化してきて、あまり美しくありませんね。

そんなわけで美少年シリーズの番外編となるべき一冊です。シリーズが後半から、あるいは最初から、ミステリー路線から脱線していった傾向を感じていたので、本編が『美少年蜥蜴』で完結した今、改めて本筋に戻った一冊と言えば適切でしょうか。後半の『美少年耽々編』も実は同様のスタンスです。本編で書かなかった本筋がわんさかあるというのも奇妙な話ですが、それもなんだか眉美さんらしく、もしもアニメに二期があれば、またこんな感じの本が出ることでしょう。そんな感じで『モルグ街の美少年』でした。

表紙はもちろんキナコさんに描いていただきました。キナコさんに描いていただくための一冊だったと言っても過言ではありません。ありがとうございました！

それでは、次の密室でお会いしましょう。

西尾維新

本書は書き下ろしです。

〈著者紹介〉
西尾維新（にしお・いしん）
1981年生まれ。2002年に『クビキリサイクル』で第23回メフィスト賞を受賞し、デビュー。同作に始まる「戯言シリーズ」、初のアニメ化作品となった『化物語』に始まる〈物語〉シリーズ、『掟上今日子の備忘録』に始まる「忘却探偵シリーズ」など、著書多数。

モルグ街《がい》の美少年《びしょうねん》

2021年5月14日　第1刷発行　　定価はカバーに表示してあります

著者……………………………西尾維新《にしおいしん》

発行者…………………………鈴木章一
発行所…………………………株式会社 講談社
〒112-8001 東京都文京区音羽2-12-21
編集03-5395-3510
販売03-5395-5817
業務03-5395-3615

本文データ制作……………講談社デジタル製作
印刷……………………………株式会社廣済堂
製本……………………………株式会社国宝社
カバー印刷……………………株式会社新藤慶昌堂
装丁フォーマット…………ムシカゴグラフィクス
本文フォーマット…………next door design

ISBN978-4-06-523389-4　N.D.C.913　204p　15cm

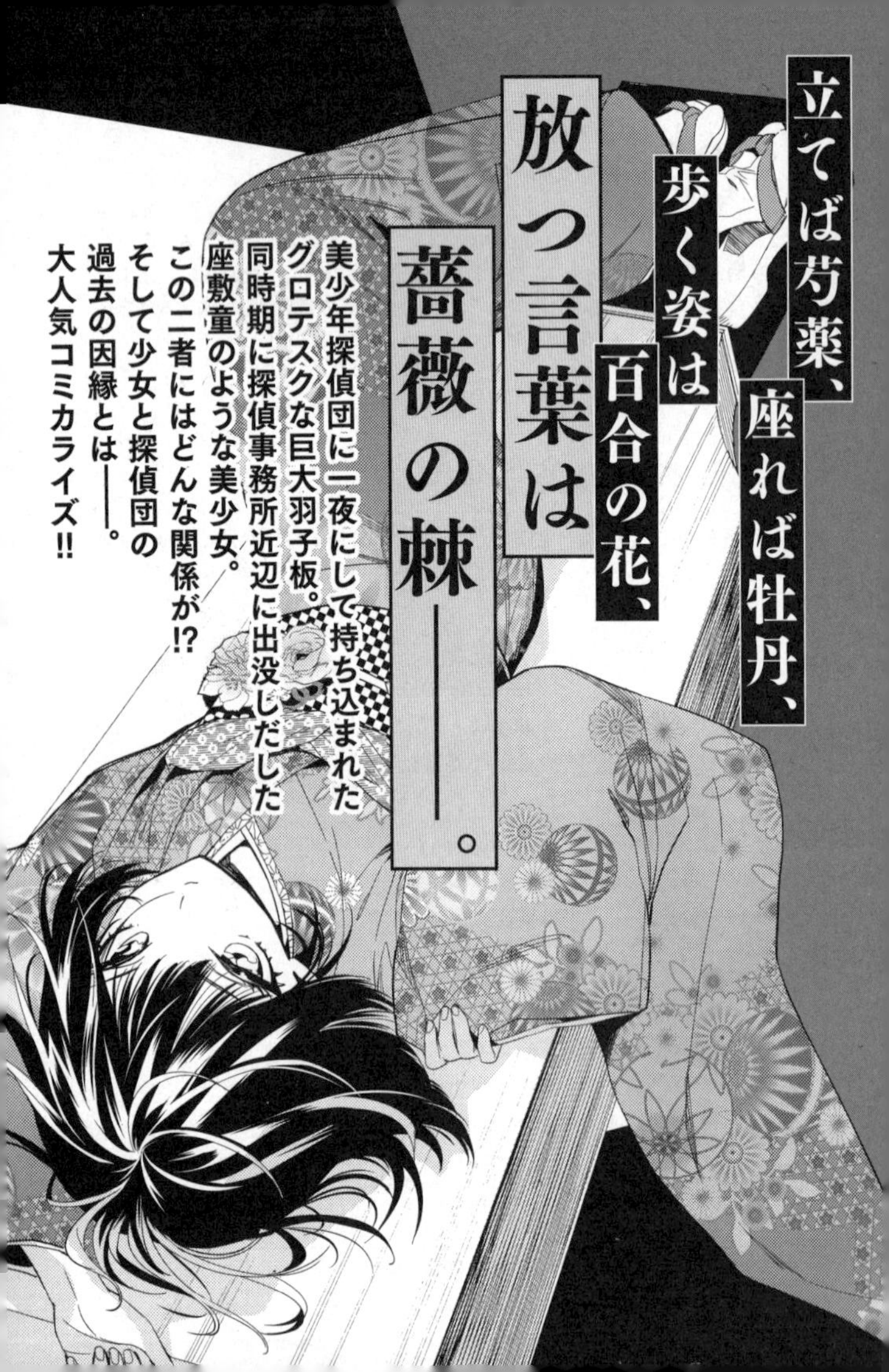
立てば芍薬、座れば牡丹、
歩く姿は百合の花、
放つ言葉は薔薇の棘――。
美少年探偵団に一夜にして持ち込まれた
グロテスクな巨大羽子板。
同時期に探偵事務所近辺に出没しだした
座敷童のような美少女。
この二者にはどんな関係が!?
そして少女と探偵団の
過去の因縁とは――。
大人気コミカライズ!!